采果集 流萤集

（插图本）

[印度]泰戈尔 著　李家真 译

中华书局

图书在版编目(CIP)数据

采果集 流萤集:插图本 / (印)泰戈尔著;李家真
译. —北京:中华书局,2014.4
(国民阅读经典)
ISBN 978 – 7 – 101– 09862 – 4

Ⅰ.采… Ⅱ.①泰…②李… Ⅲ.诗集－印度－现代
Ⅳ.I351.25

中国版本图书馆 CIP数据核字(2014)第 277090 号

书　　名	采果集 流萤集(插图本)	
著　　者	〔印度〕泰戈尔	
译　　者	李家真	
丛 书 名	国民阅读经典	
责任编辑	聂丽娟	
装帧设计	毛　淳	
出版发行	中华书局	
	(北京市丰台区太平桥西里 38 号　100073)	
	http://www.zhbc.com.cn	
	E–mail:zhbc@zhbc.com.cn	
印　　刷	北京天来印务有限公司	
版　　次	2014 年 4 月北京第 1 版	
	2014 年 4 月北京第 1 次印刷	
规　　格	开本 /880 × 1230 毫米　1/32	
	印张 5⅜　插页 8　字数 65 千字	
印　　数	1–10000 册	
国际书号	ISBN 978 – 7 – 101– 09862 – 4	
定　　价	19.00 元	

我不曾在天空
留下羽翼的痕迹，
却为曾经的飞翔欢喜。
——《流萤集》第一〇四

让你的爱
看到我的存在，
就算我俩的亲密无间
已经成了障碍。

——《流萤集》第一八八

令我生命果实累累的树木

已经收到我的谢意，

令我生命长青不败的绿草

却不曾被我记起。

————《流萤集》第四五

那一天，
我会站在满溢的孤独之中，
一切都在那里现出本相，
仿佛对着造物者的眼睛。

——《采果集》第二一

我的奉献

不为道路尽头的赫赫神殿，

是为途中每一个转弯之处

那些不期而遇的小小神龛。

——《流萤集》第一七三

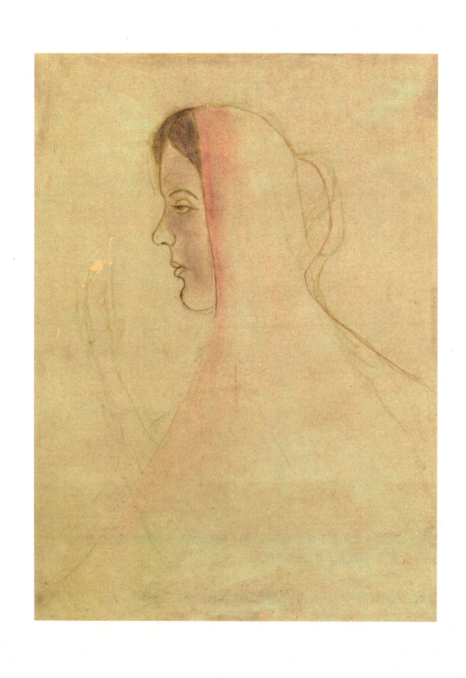

你的刑罚，
是不眠爱意的无言苦痛；
是贞女脸上的怯怯羞红；
是失意者夜中的泪滴；
是仁恕之心的苍白晨曦。

——《采果集》第三六

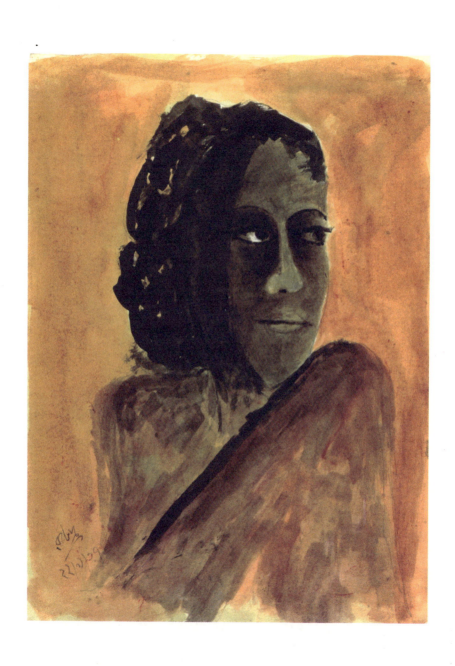

少女啊，

你的美就像

一枚尚未成熟的果实，

充盈饱满

为一个深藏不吐的秘密。

——《流萤集》第二一

你倏忽来去的爱意
用翅膀轻轻拂拭我的葵花，
从来不曾问起
它是否乐意将花蜜缴纳。
——《流萤集》第一七〇

出版说明

在二十一世纪的当代中国，国民的阅读生活中最迫切的事情是什么？我们的回答是：阅读经典！

在承担着国民基础知识体系构建的中国基础教育被功利和应试扭曲了的今天，我们要阅读经典；当数字化、网络化带来的"信息爆炸"占领人们的头脑、占用人们的时间时，我们要阅读经典；当中华民族迈向和平崛起、民族复兴的伟大征程时，我们更要阅读经典。

经典是我们知识体系的根基，是精神世界的家园，是走向未来的起点。这就是我们编选这套《国民阅读经典》丛书的缘起，也因此决定了这套丛书的几个特点：

首先，入选的经典是指古今中外人文社科领域的名著。世界的眼光、历史的观点和中国的根基，是我们编选这套丛书的三个基本的立足点。

第二，入选的经典，不是指某时某地某一专业领域之内的重要著作，而是指历经岁月的淘洗、汇聚人类最重要的精神创造和知识积累的基础名著，都是人人应读、必读和常读的名著。我们从中精选出一百部，分辑出版。

第三，入选的经典，我们坚持优中选优的原则，尽量选择最好的版本，选择最好的注本或译本。

我们真诚地希望，这套经典丛书能够进入你的生活，相伴你的左右。

中华书局编辑部
二〇一二年四月

目录

Fruit·Gathering·Fireflies

说　明

　　《采果集》最初以孟加拉文写成，英文版本为泰翁本人译笔。拙译底本为美国麦克米伦公司 1916 年印行之英文版本。

　　《流萤集》于 1926 年问世，彼时泰翁旅居匈牙利城镇巴拉顿菲赖德（Balatonfüred），疗养之余完成此孟加拉文及英文双语诗集，并于同年以手稿影印出版。手稿题记与此后英文版本题记略有不同，作"此后书页中字句源自中国与日本，造访两国之时，作者往往应人之请，题写绢素与扇面。——拉宾德拉纳特·泰戈尔，1926 年 11 月 7 日于匈牙利巴拉顿菲赖德"。拙译底本为美国麦克米伦公司 1928 年印行之英文版本。

拙译于 2010 年初蒙外语教学与研究出版社以英汉对照形式梓行，忽忽已近四年。今蒙中华书局刊印中文简体版本，遂将字句再行润饰，以期更近原文神韵，更可诠释泰翁之伟大诗心。

李家真

2013 年 11 月 9 日

译　序

　　孟子说："大人者，不失其赤子之心者也。"孟夫子主张性善，所以说了不起的人，便是能保持纯良仁爱天性的人。朱子对这句话的解释是："大人之所以为大人，正以其不为物诱，而有以全其纯一无伪之本然。"顶得住外物引诱，常葆生命本真，的确当得起一个"大"字。朱子的讲法，孟夫子大约可以同意。

　　到了民国，王国维先生说，"词人者，不失其赤子之心者也"，以为诗人之可贵处，在于不为世故沧桑所转移，常常拥有一份真性情、真思想，其中显例便是"生于深宫之中、长于妇人之手"的李后主，因为他"阅世愈浅，则性情愈真"，做国家领袖不行，做诗人却非常地行。真性情固然是第一等诗人必有的素质，但若以阅世浅为前提，却不十分令人信服。王先生这番议论之后没几年，我乡人兼同宗李宗吾先生又说，所谓赤子之心，便是小儿生来就有的抢夺糕饼之厚黑天性。保有这点"赤子之心"，便可以抢夺财富权力，甚至可以窃国盗天下。李先生所说本为滑稽讽世，而今日世界竞争惨烈，照字面搬用先生教诲的人好像不在少数。这样的"赤子之心"不能让人爱悦，反而容易让人产生惊恐畏惧的感觉，似乎并不太妙。

　　小时候捧读泰翁的诗，滋味十分美好，十分清新。本了不求甚解的惯例，那时便只管一味喜欢，不曾探究原因何在。现在有幸来译他的诗，不得不仔仔细细咀嚼词句，吟咏回味之下，不能不五体投地，衷心赞叹这位真正不失赤子之心的诗人。泰翁与王李二先生大抵同时，生逢乱世，得享遐龄，而且积极投身社会活动，可以说阅世很深。但是，他的诗里不仅有高超的智慧与深邃的哲思，更始终有孩童般的纯粹与透明。一花一木，一草一尘，在他笔下无不是美丽的辞章与活泼的思想，"仿佛对着造物者的眼睛"（《采果集》第二十一）。因了他的诗歌，平凡的生活显得鲜明澄澈，处处美景，让人觉得禅门中人说的"行住坐卧皆是禅"并非妄语。深沉无做作、浅白无粗鄙、清新无雕饰、哀悯无骄矜，泰翁之诗，正是伟大人格与赤子之心的完美诠释。

然而，对于我们来说，泰翁诗中的世界委实是一个已然失落的世界。身处焦躁奔忙的现代社会，低头不见草木，举目不见繁星，佳山胜水尽毁于水泥丛莽，田园牧歌尽没于机器轰鸣。作为整体的人类，不仅已经自行放逐于伊甸园之外，更似乎永远失去了曾有的赤子之心。这样活着的我们，怎能不迷惑怅惘、茫茫如长夜难明，怎能不心烦意乱、惶惶如大厦将倾？

　　惟其如此，我们更要读泰翁的诗，借他的诗养育心中或有的一线天真。读他的诗，我们或许依然可以逃开玻璃幕墙与七色霓虹映现的幻影，从露水与微尘里窥见天堂的美景；读他的诗，我们或许依然可以从喷气飞机与互联网络的匆匆忙乱之中，觅得一点生命的淡定与永恒。

李家真

2009 年 9 月 11 日

采 果 集

一

　　吩咐我吧，我会采下自己的果实，一筐筐送进你的院庭，哪怕有些果实已然失落，还有些尚未长成。

　　因为季节丰盈，果实沉沉，树阴里响着牧人的哀婉笛声。

　　吩咐我吧，我会在河上扬起风帆。

　　三月的风儿躁动不安，撩得慵懒的水波也开始轻声呢喃。

　　果园已经收获了所有的果实①，困乏无聊的黄昏里，斜晖脉脉的岸边，你的屋子里传来了你的呼唤。

－－－－－－－－

　　① 三月是印度收获季节最末的一个月。

二

我年轻时的生命宛如一朵鲜花——当春天的微风登门求恳，她会翻开自己的繁盛花瓣，随意抛下一片两片，浑不觉花容清减。

如今到了青春的终点，我的生命宛如一枚果实，再没有余物可以虚掷，只待将满怀甜美一举奉献。

三

难道说，夏天的节日只属于初放鲜花，容不下枯叶凋红？
难道说，大海的歌声只合于涨潮的曲风？
它也跟落潮合唱，不是么？
宝石有幸织进我王站立的地毯，许多土块却还在耐心等待他尊贵双足的触碰。
在我主身边侍坐的智者贤人寥寥无几，我主却将愚者拥入怀中，还让我做祂永远的仆从。

四

醒来的时候，他的信与清晨一道来临。

因为不识字，我无从知晓其中音讯。

让聪明人跟他那些书作伴吧，我不会去麻烦他。谁也说不准，他能不能读懂我的信。

我会把信举到额头，贴上胸口。

夜晚渐渐沉寂，星光次第亮起，我会把信摊在膝头，默默等候。

沙沙的树叶会为我大声朗诵，潺潺的溪水会为我款款吟咏，天上那七颗聪明的星星，也会把信唱给我听。

我有所求却无所获，即有所学亦无所知，这封未曾拆阅的信札却减轻了我的负荷，将我的思绪敷衍成歌。

五

从前我读不懂你的讯号，一捧尘土也能将它遮掩。

如今我智慧增添，便在曾经障眼的所有事物之中看到了它的真颜。

你把它描上片片花瓣；水波让它在浮沤中闪现；群山将它高高地擎上峰巅。

从前我对你掉头不顾，因此错解了你的书信，全不知其中意蕴。

六

在道路筑成的地方，我迷失了道路。

浩波千顷，碧空万里，都不见道路的痕迹。

鸟儿的翅膀，闪耀的星光，以及变换四时的花朵，将道路重重遮蔽。

我问自己的心：你的血液里，可会有辨认无形道路的眼力？

七

唉，我不能再在这屋里安居，家于我而言也不复为家，因为那个永恒的陌生人发出了呼唤，他已经走在了路上。

他的足音敲打着我的胸膛，令我苦痛难当！

风紧了，大海低声呜咽。

我放下所有牵绊与迷惘，去追随那无家的潮浪，因为那个陌生人在呼唤我，他已经走在了路上。

八

准备启程吧，我的心！让那些走不了的人顾自逡巡。

因为早晨的天空里传来了呼唤，呼唤着你的姓名。

谁也别等！

花蕾要的是夜晚和露水，盛开的花朵却渴望阳光里的自由。

冲破你的茧壳，我的心，勇往直前吧！

九

徘徊在自己积聚的宝货之间，我觉得自己像一条蠕虫，栖身黑暗之中，以孳生自己的果实为食。

我离开了这座腐朽的牢狱。

我不愿流连于霉变的静止，因为我企求永恒的青春；所有那些既非我生命本真、又不似我笑声般轻盈的东西，都被我一把抛去。

我奔跑着穿过光阴，我的心啊，欢舞在你的轩车之上，是那个且行且歌的诗人。

一〇

你牵住我的手，将我拉到你的身边，让我在众目睽睽之下坐上那高高的宝座。我终于变得诚惶诚恐，动弹不得，无法再走自己的路；每一步，我心里都充满矛盾和犹疑，唯恐踩上众人用厌憎布下的棘刺。

最后我还是自由了！

风暴已经来临，凌辱的鼓点已经敲响，我的宝座翻倒在卑微的尘土之间。

我的路，铺开在我的面前。

我的翅膀，充满对天空的渴望。

我要做午夜流星的旅伴，纵身投入那深不可测的黑暗。

我就像风暴驱策的夏日乌云，卸去了黄金的冠冕，将利剑一般的霹雳，悬在一条闪电的链环。

怀着不顾一切的欢喜，我跑进尘土飞扬的卑贱者之路，奔向你最后的欢迎。

离开母亲的子宫，孩子才找到自己的母亲。

当我跟你离分，当我被人赶出你的家门，我才能自由地端详你的面影。

一一

我这条宝石项链啊，打扮我只是为了挖苦我。

它让我颈项青紫，在我奋力想将它扯下的时候，它勒得我无法呼吸。

它攫住我的咽喉，噎住我的歌声。

要是能把它贡献给你，我的主啊，我就会得到赦免。

拿去它吧，作为交换，用花环将我系在你的身边。戴着这样一条宝石项链，我无颜站在你的面前。

一二

远远的下方，清清的亚穆纳河①轻快地流淌，嶙峋的岩岸，在河水上方蹙眉俯瞰。

林木翁郁的群山聚集在四周，身上留着急流刻下的伤痕。

---

① 亚穆纳河（Jumna）为印度北部的一条河流，发源于喜马拉雅山脉，向东南流入恒河。

伟大的锡克导师哥文达①坐在岩石上阅读经卷，富贵骄人的弟子拉古纳特走了过来，躬身说道："我给您带了薄礼，区区不成敬意。"

他一边说，一边把一对镶有昂贵石子的金镯子放在了老师面前。

老师拿起一只镯子，绕在手指上转了转，镯子上的钻石射出耀眼的光线。

突然之间，镯子从老师的手上滑落，沿着河岸滚到了水里。

"哎呀！"拉古纳特尖叫一声，纵身跳进河水。

老师全神贯注地看着手里的经卷，河水藏起偷来的物件，顾自向前。

直到日色昏暝，拉古纳特才回到老师身边，浑身淌水，疲惫不堪。

他气喘吁吁地说："我还能把它找回来，只要您指给我看看，它掉在了哪里。"

老师拿起剩下的那只镯子，一把扔到河里，说道："就是那里。"

---

① 哥文达（Govinda）即哥宾德·辛格（Gobind Singh，1666—1708），印度诗人及哲学家，锡克教第十代师尊（1675 至 1708 年在位）。锡克教为印度主要宗教之一，诞生于十五世纪，教中领袖号为"师尊"。

一三

前行，是为了时刻与你相逢，我的旅伴！
是为了和着你的足音歌唱。
受你气息熏染的人，绝不会借着岸的遮掩悄悄滑行。
他会扬起一往无前的船帆，在狂暴的水面乘风破浪。

敞开道道门扉，径直举步前行，这样的人会收到你的慰问。
他不会停步计算所得几何，也不为所失哀鸣；他的心为他敲响远征的鼓点，因为征程的每一步都是与你偕行，我的旅伴！

一四

尘世间最美的东西，我应得的那一份会从你手中降临：你曾经这样应承。
因为如此，我的泪水，便总是映着你的光辉。

我不敢接受他人的指引，是害怕错过等在某个街角的你，害怕与等着为我指路的你失之交臂。
我任性地走着自己的路，偏要用自己的愚蠢，把你引到我的家门。

因为你曾经对我应承，尘世间最美的东西，我应得的那一份
会从你手中降临。

一五

我的主上啊，你用的是简单明了的语言，谈论你的人却并非
如此。

我懂得你星星的话语，也懂得你树木的沉寂。

我知道，我的心将会绽放如花；我知道，从一道潜藏的泉流
汲得清水，我的生命已经满溢。

就像来自寂寞雪原的鸟儿，你的歌飞向我心，打算借它四月
的暖意筑巢安居，而我安心等待，这欢乐的一季。

一六

他们认得路，所以沿着那条狭窄的小巷去找你，无知的我，
却在外间茫然逡巡，直至夜深。

我没有受过足够的教育，黑暗之中也不懂得畏惧你，所以在
无意中踏上了你的门阶。

聪明人非难我，叫我走开，因为我的来路不是那条小巷。

我怯怯地转过身去，你却紧紧地拉住了我，而他们斥骂的声音，一天高过了一天。

一七

我拿出家里的陶灯，高声叫喊："来吧，孩子们，我来给你们照路！"

回来的时候，夜色昏黑依然，我撇下沉默不语的道路，高声叫喊："火啊，照亮我吧！我的陶灯碎在了尘土里！"

一八

不：催开花蕾的不是你。
只管去摇撼花蕾，只管去敲打它；催开花蕾不是你力所能及。
你的触碰玷辱了它：你扯碎花瓣，将碎片撒在尘土里。
依然，没有色彩，没有芳馨。
咳！催开花蕾并不是你的事情。

催得开花蕾的人，手法是那样简单。

只要他瞥它一眼，生命的琼浆便搅动它的脉管。

借着他一缕气息，花儿便张开羽翼，迎风招展。

色彩喷涌如心底的渴盼，芳馨漏泄出甜美的秘密。

催得开花蕾的人，手法是那样简单。

一九

严冬肆虐，花匠苏达斯的池子里只剩下最后一枝莲花。于是他采下莲花，来到王宫门口，想把花卖给国王。

他在王宫门口碰见一个旅人，旅人对他说："这枝最后的莲花，你说个价吧——我想把它献给佛陀。"

苏达斯说："给我一枚金币①，花就是你的啦。"

旅人付了钱。

恰在此时，国王出了宫门。他正要去朝觐佛陀，所以想买这枝莲花，心里想的是："冬日里的莲花，供奉在佛陀脚下，再合适不过啦。"

听花匠说有人出了一枚金币，国王便把价钱抬到了十枚。可是，旅人又把价钱翻了一番。

生性贪婪的花匠暗自盘算，既然他们为了同一个人争相抬

---

① "金币"原文为"mâshâ"，印度传统重量单位，略少于一克。

价，倒不如拿着花去找那个人，说不定好处更大。于是他躬身说道："这枝莲花，我不卖啦。"

城墙之外，芒果树林的静谧荫凉之中，苏达斯站在了佛陀面前。佛陀的唇边凝着无言的慈悲，眼里漾着宁静的光辉，宛如露水浣濯的秋日里，那一颗启明的晨星。

苏达斯望着佛陀的脸，把莲花放到他的脚边，一躬到地，埋首于尘埃之间。

佛陀莞尔而笑，开口问道："你想要什么呢，我的孩子？"

苏达斯叫了出来，"想轻轻碰一碰您的双脚"。

二〇

夜啊，让我做你的诗人吧，蒙着面幂的夜啊！

有些人已经在你的暗影中默坐多年；让我把他们的歌唱出来吧。

时光之宫的女王，深沉美丽的你啊，带我登上你的无轮轩车，无声地穿越一个又一个宇宙吧！

许多喜好探究的头脑偷偷蹩进你的庭院，在没有灯火的屋子里逡巡留连，苦苦地寻找答案。

许多心灵，被未知者之手的喜悦之箭射穿，欢乐的颂歌骤然迸发，将黑暗彻底掀翻。

而那些警醒的魂灵凝望星光，为自己突然觅得的珍宝惊叹。

夜啊，让我做他们的诗人，吟咏你深不可测的静默吧。

二一

有一天，我会碰见藏在我内心的生命，碰见藏在我生活里的欢乐，哪怕岁月抛下懒散的尘埃，扰乱我的路径。

一次又一次，我瞥见它的身影，它的气息阵阵袭来，给我的思绪染上片刻芳馨。

有一天，我会碰上无我的欢乐，它就在光明之幕的背后栖身——那一天，我会站在满溢的孤独之中，一切都在那里现出本相，仿佛对着造物者的眼睛。

二二

太多的光亮，令这个秋日清晨倦怠难堪，倘若你的歌曲，渐渐地散乱慵懒，那就暂且，把你的长笛给我吧。

我只会由着兴致摆弄它，——一会儿把它放在膝头，一会儿把它举到唇边，一会儿又把它，搁在身旁的草叶上面。

可是，等到沉寂肃穆的黄昏，我将会采来花朵，用花环装点它，让它芳香满溢；我会用点亮的灯火来礼拜它。

入夜之时，我会去到你的身边，把长笛还给你。

寂寞新月在群星之间流浪的时分，你会用它吹奏子夜的乐曲。

二三

风声水音之中，诗人的心在生命的浪尖漂流舞蹈。

太阳落山，昏暝的天空贴近海面，像睫毛垂挂在困倦的眼前。时候到了，拿走他的笔吧，让他的思绪沉入深渊之底，沉入那片静寂之地的永恒秘密。

二四

夜色漆黑，在我静默的存在之中，你的睡梦悠远香甜。

爱的苦痛啊，醒来吧，我不知道怎样把门打开，只好伫立门外。

时间不再流逝，星星凝神守望，风儿停住脚步，沉甸甸的寂静压在我的心上。

醒来，爱人，醒来吧！将我的空杯注满，用一缕歌声吹皱这个夜晚吧。

二五

晨鸟在歌唱。

破晓时分尚未到来，夜的巨龙还将天空盘在自己冰冷黯黑的身躯里，鸟儿的晨曲歌词是从哪里来的呢？

晨鸟啊，告诉我，是用了什么法子，东方的信使才穿越天空和树叶的双重黑夜，找到了通往你梦境的路径呢？

当你高声叫喊，"夜已消逝，太阳就要升起"，这世界并不相信你的话语。

睡梦里的人啊，醒来吧！

袒露你的额头，等待第一抹阳光的祝福，怀着快乐的虔诚，与晨鸟一起歌唱吧。

二六

我灵魂中的乞儿，向无星的天空伸出枯瘦的双手，用如饥似渴的声音，冲着黑夜的耳朵喊叫。

他在向盲眼的黑暗祷告，而黑暗如同谪降的神明，躺倒在碎梦栖居的荒芜天庭。

欲望的叫喊盘旋在绝望的深渊，仿佛是围着空巢哀号的小鸟。

但是，当清晨把锚下在东方的边缘，我灵魂中的乞儿却一跃而起，大声叫喊：

"幸好耳聋的黑夜拒绝了我——幸好它囊空如洗。"

他喊道："生命啊，光明啊，你们何等珍贵！同样珍贵的是，终于识得你们的那份欣喜！"

二七

萨拿坦①在恒河边数着念珠，一个衣衫褴褛的婆罗门②走

---

① 萨拿坦（Sanâtan）应即 Sanatana Goswami（1488—1558），印度教导师，提倡苦行禁欲，为印度教毗湿奴派"伦达瓦六贤哲"之首。伦达瓦是印度北部的一个城镇，为印度宗教圣地。

② 婆罗门（Brahmin）为印度四种姓中等级最高的种姓，泰戈尔本人也是婆罗门。

到他的身边，开口说道："帮帮我吧，我很穷！"

"我全副的家当不过是一只乞食的碗，"萨拿坦说，"我拥有的一切都已散尽。"

"可是，湿婆神①托了梦给我，"婆罗门说，"叫我来寻求你的帮助。"

萨拿坦突然想起，自己曾在河岸的卵石堆里拾到一块无价的宝石。当时他把宝石藏在了沙土下面，想的是可能有人需要这件东西。

他把宝石所在的地方指给婆罗门看，婆罗门满心惊讶地把宝石挖了出来。

接下来，婆罗门坐在地上独自冥想，直到太阳落到树林背后，牧人也赶着牛群回了家。

这时他站起身来，慢慢地走到萨拿坦面前，开口说道："师尊啊，有一种财富傲视世间所有的财富，赐给我那样的财富吧，哪怕只是一星半点。"

说完之后，他把宝石扔到了水里。

---

① 湿婆（Shiva）为印度教三大主神之一，世界的毁灭者和再造者。

二八

一次又一次，我举着双手去到你的门前，无休无止地向你索取。

你给了又给，有时候细水长流，有时又慷慨解囊，陡然超出我的期望。

我收下一些，任由另一些掉到地上；有一些沉甸甸地压着我的手掌；我还把一些礼物做成玩具，玩腻了就毁个精光；到最后，礼物和礼物的残骸堆成无边无际的屏障，遮蔽了你的影像，而我的心，也在永无消歇的欲求中沦亡。

拿去，拿去吧——如今我开始这样叫嚷。

砸碎这乞儿碗里的全部家当；熄灭这纠缠不休的窥伺者手里的灯光；抓住我的双手，带我逃离这还在拔高的礼物山岗，走进你疏朗胸怀的无垠空旷。

二九

你把我安排在失败者的行列。

我知道自己取胜无望，也别想从游戏里脱身逃亡。

我会扎进水池，就算注定沉到水底。

我会参与，这个自我毁灭的游戏。

我会押上所有的一切，输光了再把自己押上，到这时，我想，我就能用彻底的失败换来胜仗。

三〇

天空里漾开一抹欢愉的微笑，当你给我的心着上褴褛的衣袍，差她去沿路乞讨。

她挨门求告。三番五次，手里的碗快要装满的时候，她却被人洗劫一空。

劳苦的一天到了尽头，她来到你宫殿的门前，举起了空空如也的碗。你走出门来，牵起她的手，引她坐上你的王座，坐到你的身边。

三一

饥荒肆虐舍卫城①的时候，佛陀问自己的弟子："你们当中，有谁愿意担当赈济饥民的责任呢？"

开钱庄的拉特纳卡低下了头，说道："赈济饥民需要许多钱

---

① 舍卫城（Shravasti）为古印度城市，在释迦牟尼生活的年代为印度六大城之一，遗址在今日印度的什拉瓦斯蒂地区。

财，远远超过了我全副的身家。"

御林军首领贾森说："我乐意献出生命和鲜血，可我家里并没有足够的食粮。"

广有田产的达玛帕尔叹了口气，说道："旱魃吸干了我的田地，我都不知道该拿什么缴纳国王的税款。"

这之后，乞丐的女儿苏普里雅站了出来。
她躬身向众人致意，怯生生地说道："我愿意去赈济饥民。"

"拿什么赈济啊！"众人齐声惊叫，"你打算拿什么来践行这个承诺呢？"

"我是你们当中最穷的一个，"苏普里雅答道，"这便是我的力量。在座诸位的房子里，都有我的钱柜和粮仓。"

三二

我不曾识得我的王。这一来，在他要求贡献的时候，我竟然胆大包天地以为，自己可以躲躲藏藏，不用将欠下的债务清偿。

借着日间劳作和夜晚梦境的遮挡，我逃啊，逃啊。

可他讨债的声音挥之不去，追踪着我的每一次呼吸。

我终于明白，他识得我，世间已没有我的立身之所。

如今，我愿将所有的一切摆到他的脚底，换取他王国里的一席之地。

三三

我想把你铸出来，依照我的生命，铸一个供众人崇拜的偶像，于是拿出了我的尘土，我的欲望，还有我五色斑斓的幻觉和梦想。

我请求你依照自己的心意，用我的生命铸一个令你爱悦的形像，你拿出的是你的火焰，你的力量，还有真实、可爱与安详。

三四

"陛下，"仆人向国王报告，"圣人纳罗丹①从不曾屈尊进入您的王家神庙。

"他在路边的树阴下吟唱颂神的歌曲，神庙里已经没有信徒。

———————

① 纳罗丹（Narottam）应即 Narottama Dasa Thakura，十五世纪的印度教毗湿奴派圣人，曾在"伦达瓦六贤哲"之一的 Jiva Goswami 门下求学。

"他们簇拥着他，像蜜蜂只顾着围绕白莲，却把黄金的蜜罐撇在一边。"

心中不快的国王去到了纳罗丹所在的地方，纳罗丹坐在草地上。

国王问道："师父啊，你要宣示神明的爱，为什么不待在我黄金穹顶的神庙里，偏要坐在外面的尘土之中呢?"

纳罗丹说道："因为神明并不在你的庙里啊。"

国王皱起眉头，说道："我花了两千万黄金才造就这个艺术的奇迹，又通过种种所费不赀的仪式把它献给了神明，这些你都知道吗?"

"是的，我知道，"纳罗丹答道，"就在神庙落成的那一年，你成千上万的子民在火灾中失去了家园。他们站在你的门前乞求帮助，但却枉自徒然。

"于是神说，'那个可怜的东西连自己的兄弟都不能庇护，倒有脸为我修房造屋!'

"就这样，他决定加入无家可归者的行列，在路边的树下居处。

"就这样，你那个黄金气泡变得空无一物，有的只是虚荣散发的腾腾热气。"

国王恼怒地咆哮起来："离开我的国土。"

圣人平静地说道："好的，你已经赶跑了我的神，把我也赶去和他作伴吧。"

三五

号角躺在尘埃里。

风没了力气，光明已死。

唉，这邪恶的日子！

来吧，斗士们，带上你们的旗帜，歌手也来吧，带上你们的战歌！

来吧，朝圣的人们，加快你们的征程！

号角躺在尘埃里，等着我们。

我带着晚祭的供品赶往神庙，想找个歇脚的地方，洗去白昼的风尘：我想在这里治愈我的伤创，涤净我衣衫的污痕，却看到你的号角躺在尘埃里。

我点起我晚灯的时刻已经来临，不是吗？

夜晚已经给星星唱过了摇篮曲，不是吗？

你这血红的玫瑰啊，叫我那些睡意朦胧的罂粟花①黯然失

① 根据古希腊神话，罂粟是生长在睡神许普诺斯居所门口的花。这种花在西方文化中象征着睡眠、遗忘、安宁和死亡。

色、枯萎凋零!

我断定我浪游的日子已经终结,身上的债务也已偿清,因为我突然瞥见,你的号角躺在尘埃里。

用你青春的魔咒,敲打我昏昏欲睡的心!

让我生命中的欢乐,化作烈焰腾腾。

让催醒的戈矛穿透夜的心脏,让恐惧的战栗撼动愚昧与麻痹。

我来了,来将你的号角从尘埃中拾起。

不再沉睡——我会徒步穿越阵阵箭雨。

会有人跑出家门来支援我——会有人流泪哭泣。

会有人在床上辗转反侧,在梦魇之中呻吟叹息。

因为今夜,你的号角将会响起。

我曾向你乞求和平,得来的只是羞耻。

如今我站到了你的面前——帮我穿上我的铁衣!

让动乱的铁拳把火焰捣进我的生命。

让我的心在苦痛之中悸动,敲响你胜利的鼓鼙。

我会空出两手,好将你的号角拾取。

三六

当他们乐极忘形，扬起尘土沾染你的衣袍，美人啊，我是那么地痛心懊恼。

我对你高声喊叫："拿起你的笞杖，惩罚他们吧。"

晨光照出他们的眼睛，眼睛里满是长夜狂欢的红丝；长满洁白百合的圣地，涌动着他们火烫的呼吸；星星从神圣黑暗的深处，注视他们狂歌纵饮的场景——注视那些扬起尘土沾染你衣袍的人，美人啊！

你的审判席设在花园，设在春日鸟儿的歌声里；设在阴凉的河岸，那里的树木与水波喁喁对语。

我的爱人啊，他们恣情任性的时候，心里可没有半点怜惜。

他们在黑暗之中潜行，偷取你的饰品来装点种种私欲。

当他们的殴击令你苦痛，我觉得万箭穿心，于是便对你高声喊叫："拿起你的剑，我的爱人啊，惩罚他们吧！"

唉，你心里的正义始终清醒。

你为他们的无礼流下母亲的热泪；你那爱人的坚贞，将他们的悖逆戈矛藏进自身的伤痕。

你的刑罚，是不眠爱意的无言苦痛；是贞女脸上的怯怯羞红；是失意者夜中的泪滴；是仁恕之心的苍白晨曦。

可怖者啊，不顾一切的贪欲，驱使他们趁着夜色爬进你的家门，闯进你的库房恣意攫取。

可是，他们的赃物积下了万钧的重量，叫他们无法带走，也不能抛舍离去。

于是我对你高声喊叫："可怖者啊，饶恕他们吧！"

你的仁恕之心化作狂风暴雨，将他们击倒在地，把他们的赃物抛撒在尘埃里。

你的宽恕是雷石①；是纷飞的血雨；是落日的绯红怒意。

三七

佛陀的弟子优婆鞠多②躺在摩突罗国③的城墙边，在尘土之中酣然入梦。

---

① 雷石（thunderstone）是一种形如斧刃的楔状石头，在世界各地的民间传说中是雷神用来制造雷电的工具。根据现在的科学研究，雷石应该是闪电令地上的沙土熔融凝结的结果。

② 优婆鞠多（Upagupta）为印度阿育王时代的佛教大师，付法藏第四祖，据传曾为阿育王讲经说法。我国的五百罗汉当中就有优婆鞠多尊者。

③ 摩突罗国（Mathura）为古代中印度的一个国家（即今天的印度中北部城市马图拉），优婆鞠多为该国鞠多长者之子。

灯火尽灭，门扉尽掩，八月的昏黑天空，遮没了所有的星星。

脚镯叮当，是谁的双足，突然间触到了他的胸膛？

优婆鞠多瞿然惊醒，一个女人手里的提灯，照进了他慈悲的眼睛。

来的是那个舞女，满身的珠宝令她璀璨如星，淡蓝的斗篷令她绰约如云，青春的美酒，已令她醉意醺醺。

她放下提灯，看到了他素净俊美的年轻面庞。

"年轻的苦行者啊，恕我冒昧，"女人说，"赏光去我家吧，尘埃满布的地面，不配做你的卧床。"

苦行者答道，"女人啊，你自己走吧；时机来临的时候，我自然会将你探访。"

突然之间，电光闪现，漆黑的夜晚露出了森森的牙齿。

风暴在天空的角落大声咆哮，女人在恐惧之中瑟瑟战栗。

* * * * * *

路边树木的枝条经历着开花的痛楚。

欢快的笛声从远处传来，在春天的温暖空气中荡漾。

城里的人都去了树林，去享受繁花似锦的良辰。

半空之中，一轮满月凝视着寂静城镇的暗影。

年轻的苦行者走在那条荒凉的街道。他头顶的芒果枝桠上，相思成疾的杜鹃，正在尽情倾吐无眠的哀怨。

优婆鞠多穿过一道道城门，站在了城墙边。

他的脚边，城墙的阴影之中躺着一个女人，一个染有黑疫①、周身溃烂、被人慌忙赶到城外的女人，她是谁呢？

苦行者坐到她的身边，让她的头枕在自己膝上，用清水濡湿她的嘴唇，用香膏涂敷她的全身。

"好心人哪，你是谁呢？"女人问道。

"探访你的时机终于来临，所以我来了。"年轻的苦行者答道。

三八

爱人啊，属于我俩的，可不只是轻松愉快的爱情嬉戏。

一次又一次，风暴肆虐的夜晚呼啸着扑向我，吹灭我的灯，一次又一次，阴沉的疑云积聚起来，遮蔽我天空里所有的星。

---

① "黑疫"通常指鼠疫。

一次又一次，堤岸倾圮，洪水卷走我所有的收成，一次又一次，哀号与绝望将我整个的天空撕成碎缕。

于是我懂得，在你的爱意当中，尽有痛苦的打击，永无死亡的冷寂。

三九

墙垣瓦解，光明奔涌而入，如同神明的笑声。

胜利了，光明啊！

夜的心脏已被刺穿！

用你寒光闪闪的利剑，将纠结的疑团和虚弱的欲望一刀两断！

胜利了！

来吧，绝不容让的你！

来吧，洁白得让人恐惧的你！

光明啊，你的鼓点在烈火的征途中敲响，彤红的火炬已被高高举起；辉煌瞬间爆发，死亡已死！

四〇

火啊，我的兄弟，我来为你唱一曲凯歌。

你是可怖自由的鲜红影像。

你在天空中挥动手臂，狂暴的手指扫过琴弦，奏出美妙的舞曲。

当我的日子走到尽头，当门扉道道开启，你会将绑缚我手足的绳索烧成灰烬。

我的身躯会与你融为一体，我的心会在你狂乱的涡旋里浮沉，我往昔生命的灼人热度会吐出火苗，与你的光焰合二为一。

四一

船夫已出航，在夜间横渡汹涌的大洋。

风狂帆满，桅杆痛楚不堪。

夜的利牙喷出黑色的恐惧，中毒的天空跌落海面。

浪头对着无形的黑暗猛冲猛撞，而船夫已出航，正横渡汹涌的大洋。

船夫已出航，赶赴我不曾知晓的约请，乍现的白色帆影，令黑夜惊异莫名。

我不曾知晓，为了去到那个亮着灯光的寂静庭院，为了找到坐在尘土中等待的伊人，到最后，他会在哪里靠岸。

他的小船不顾黑暗与风浪，是为着什么样的梦想？

难道说，船上载满了宝石和珍珠？

哦，不，船夫身边没有财宝，有的只是手里的一枝白色玫瑰，还有唇边的一首歌曲。

他为的是她，点着灯在夜中独自守望的伊人。

她住在路边的小屋里。

她披散的长发风中飘舞，遮住了她的眼睛。

暴风雨呼啸着穿过她破烂的门扉，她的陶灯火光摇曳，在四壁投下幢幢暗影。

狂风怒号，她还是听见了他的呼唤，呼唤她无人知晓的芳名。

船夫出航，已经是许久之前的事情。

还要许久才会天明，还要许久，他才会叩响她的家门。

鼓声不会响起，没人会知晓他的来临。

只会有满屋的光明，生辉的尘土，还有喜悦的心。

船夫靠岸的时候，所有疑问，都会在静默中消隐。

四二

在凡尘岁月的狭窄溪流之中，我死死抓着那只活生生的筏子，我的身体。

渡河之后，我便弃它而去。

然后呢？

我不知道，彼岸的光明与黑暗，是否一如尘世。

未知者便是那永恒的自由：

他的爱不存丝毫怜悯。

珍珠在黑暗的囚牢里喑哑失声，他便为它将贝壳砸成齑粉。

可怜的心啊，何必为逝去的时日冥思哭泣！

为将来的时日欢欣吧！

钟声已经响起，朝圣者啊！

抉择的时刻已经来临！

未知者会再一次揭去面幕，你们相会有期。

四三

频毗娑罗王①在佛陀的圣迹之上建造了一座神祠，那是用白

---

① 频毗娑罗（Bimbisara，前558—前491）为古印度摩揭陀王国君主，崇奉佛教。其子为阿阇世（Ajatashatru），据云弑父篡位，后皈依佛教，复为其子所弑。频毗娑罗的名字，诗中原文作"Bimbisâr"。

色大理石筑成的一份敬意。

每当傍晚时分，王室的嫔妃公主全都会来到这里，献上鲜花，点上明灯。

到后来，他的儿子当上了国王，在位期间用鲜血洗去了父亲的信条，用圣书点燃了献祭的火焰。

秋日里的一天行将终结。

晚祭的时辰就要来临。

什瑞玛蒂是王后的使女，虔诚地信仰佛陀。她用圣水洗净了身子，又用盏盏明灯和新摘的白花装点好金色的供品盘，然后静静地抬起乌黑的双眼，看着王后的脸。

王后惊恐万分，战栗着说道："傻丫头，给佛陀神祠献祭的人都会被处以死刑，莫非你懵然不知?

"这可是国王的旨意啊。"

什瑞玛蒂对王后躬身施礼，然后转身出门，找到王子的新娘阿米塔，站在了阿米塔的面前。

新娘子膝头搁着一面亮金镜子，一边编结乌黑的长辫，一边在前额的发际点上吉祥的红痣。

看到年轻的使女，她吓得双手颤抖，禁不住叫了起来："你要给我招来怎样可怕的灾祸啊！赶紧走开吧。"

公主舒克拉坐在窗边，借落日的余晖读着一本浪漫小说。

看到使女拿着供品站在门口，她吓得猛一激灵。

书本从她膝头跌落，她在什瑞玛蒂的耳边轻声说道："想死也不用着急啊，你这胆大的女人！"

什瑞玛蒂走过一道又一道门。

她昂起头，高声叫喊："王宫里的女人啊，赶快！

"礼佛的时辰已经来临！"

有的人当她的面关上房门，有的人对她谩骂连声。

白昼的最后一抹日光，消逝在王宫塔楼的青铜穹顶。

街道的角落爬满黯黑的阴影，熙攘的城市归于宁静，湿婆神庙的锣声，宣告晚祷的时辰已经来临。

秋天的黄昏深邃如清澈的湖泊，星星在暝色之中闪闪烁烁，透过树丛，王宫花园的侍卫骇然看见，佛陀的神祠跟前亮着一列灯火。

他们拔出剑来跑了过去，大声喝问："不怕死的蠢东西，你到底是什么人?"

"我是什瑞玛蒂,"回答他们的是一个甜美的声音,"佛陀的奴婢。"

转眼之间,她心脏的血液,给冰冷的大理石着上了红色。

满天星斗的静谧时分,神祠跟前的最后一盏祭灯悄然熄灭。

四四

分隔你我的白昼最后一次躬身施礼,向我道别辞行。

夜晚蒙上她的面幂,藏起了我房中燃着的那盏孤灯。

你那黑暗的奴仆悄然来到,为你铺开婚礼的地毯,好让你我二人默然对坐,直至夜尽天明。

四五

我在哀伤的床上辗转竟夜,双眼困倦不堪。我沉重的心还没有做好准备,去迎接满载喜悦的晨间。

给这片赤裸的光明罩上面纱吧,叫这场闪闪夺目的生命之舞离开我的身边。

让温存黑暗的斗篷将我罩在它的褶子里，暂且掩住我的痛苦，使它免受世界的压碾。

四六

我已经错过，酬答她所有馈赠的时机。

她的夜已经破晓，你已经将她拥到怀里。我只好，把为她准备的谢礼交给你。

为她身受的所有伤害和凌辱，我向你乞求宽恕。

我把我爱意的花朵奉献给你，她曾苦苦等待它的开放，它却含苞不吐。

四七

我发现她的盒子里，珍藏着我往日的几封书信——供她记忆摆弄的一些小小玩具。

怀着一颗怯怯的心，她从光阴的湍急乱流中偷来了这些零碎琐细，然后说道："它们只属于我自己！"

唉，如今已不再有人，能用脉脉的深情赎取这些东西，可它们依然还在这里。

这世上必定还有爱，能够打救她，让她免于一无所获的厄运，正如她的这份爱，用如许的痴心打救了这些书信。

四八

把美和秩序带进我凄凉的生命吧，女人，既然你在世之时，曾经将它们带进我的屋子。

请扫去光阴的尘封碎片，注满空空如也的瓶罐，将无人照管的一切补缀复原。

然后，请打开神祠的内门，点起蜡烛，让我们在神的面前默然相见。

四九

调校琴弦的时分，痛苦委实难当，我的主上！

奏响你的音乐吧，让我忘掉痛苦；让我从美妙的乐声中体会，那些无情的日子里，你存着怎样的心思。

阑珊残夜在我门前徘徊不去，让她用歌声跟我道别吧。

我的主上啊，伴着从你的星辰降下的曲调，将你的心，注入我生命的琴弦吧。

五〇

电光石火之间，我在自己的生命里看见，你的创造广大无边——你的创造，包蕴万千世界的无穷生灭。

当我在无聊时日的掌中，看到自己的生命，我悲泣于自身的轻贱，——可是，在你的掌中看到它的时候，我便懂得它无比珍贵，不该虚掷在暗影之间。

五一

我知道，终有一天，白昼尽头的昏暝时刻，太阳会向我道别。
牛儿在河畔的坡地上吃草，榕树下的牧人会吹响他们的风笛，而我的日子，将会沉入黑夜。
我祈祷，离去之前，我能够明了，大地为何唤我去她的怀抱。
她静默的夜为何对我叙说星星的故事，她光明的昼为何亲吻我的思绪，将它们变成花朵。

离去之前，愿我能曼声吟唱最后一阕歌，从开头直至终篇，愿灯火燃亮，好让我看见你的容颜，愿花环织就，好让我为你加冕。

五二

什么样的音乐，用自己的韵律将世界摇撼？

当它鸣响在生命之巅，我们喜笑开颜；当它回身进入黑暗，我们便在恐惧中抖颤。

可是，伴着这无尽音乐的韵律来来去去的戏剧，始终不曾改变。

你把自己的财宝藏在掌心，我们便叫嚷自己遭了抢劫。

可是，任由你的手掌开开合合，得与失从无改易。

这是你和你自己玩的游戏，输家和赢家，都是你自己。

五三

我已经用双眼和四肢亲吻过这个世界；我已经将它装进我的心，裹了千层万叠；我已经用思绪淹没了它的日日夜夜，直到它与我的生命融为一体，——我爱我的生命，因为我爱，与我经纬交缠的缕缕天光。

倘若，与这世界的离别，和对它的热爱同样真实——那么，生命的聚散必定含有深意。

倘若死亡是对这份热爱的欺骗，这欺骗的毒瘤便会侵蚀一切，而星星也会枯萎凋残，黯然失色。

五四

云对我说，"我要消散无影"；夜晚对我说，"我要纵身跳进火烫的黎明"。

痛苦对我说："我要保持深沉的静默，如同他的足印。"

我的生命对我说："我要由死亡证得完满。"

大地对我说："我的光时刻亲吻你的思想。"

爱对我说："光阴流逝不停，我却会为你守候。"

死亡对我说："我会将你生命的小船划过大洋。"

五五

恒河岸边，诗人图尔西达斯①漫步在那个焚化死者的荒凉处所，沉浸在冥思之中。

———————

① 图尔西达斯（Tulsidas, 1532—1623）为古印度大诗人，主要作品为长篇叙事诗《罗摩功行录》（*Ramcharitmanas*）。

他忽然发现，一个女人坐在死去丈夫的脚边，身上穿着婚装一般的华丽衣裳。

看到诗人，女人站起身来鞠了一躬，开口说道："大师啊，请您为我祝福，让我追随丈夫去天堂吧。"

"我的孩子啊，何必这么匆忙呢？"图尔西达斯问道，"眼前的大地，不也是那位天堂建造者的国土吗？"

"我向往的并不是天堂，"女人说道，"我只想要我的丈夫。"

图尔西达斯微微一笑，说道："回家去吧，我的孩子。不等这个月过完，你就能找到你的丈夫。"

女人带着喜悦的希望回了家。图尔西达斯每天都去看她，让她思考各种高妙的道理。到最后，她的心里终于充满了神圣的爱。

这个月刚刚结束，邻居们就跑去问她："女人啊，你找到你丈夫了吗？"

寡妇微笑着说道："找到了。"

邻居们迫不及待地问道："他在哪里呢？"

"我的夫君就在我的心里，已经与我融为一体，"女人说道。

五六

你来到我的身边，逗留片刻，用万物心中那个永恒女性的伟大奥秘触动了我。

她啊，不断将神明倾泻的甜美回赠神明；她是自然之中历久弥新的美与青春；她在潺潺的流水中舞蹈，又在清晨的阳光里歌吟；她用汹涌的潮水哺育焦渴的大地；在她的身体里，当无法自制的喜悦在爱的痛苦中漫溢，永恒者一裂为二。

五七

栖居在我心里的那个永远孤凄的女人，她是谁呢？
我曾乞求她的爱意，却不曾获得她的垂青。
我用花环来妆扮她，为她唱出赞美的歌曲。
她脸上亮起一抹微笑，转眼便凋落无影。
"你不能给我快乐。"她叫道，这哀伤的女人啊。

我买给她珠光宝气的脚镯，为她挥动缀满宝石的扇子；
在黄金的床架上，我为她铺好枕席。
她眼里闪现一丝欣喜，转眼便黯然消逝。
"这些东西不能给我快乐。"她叫道，这哀伤的女人啊。

我扶她登上胜利之车，载着她走遍天涯海角。
屈服的心灵纷纷在她脚下拜倒，欢呼的声音响彻云霄。
她眼里亮起一缕自豪，转眼便在泪光中雾散烟消。

"征服不能给我快乐。"她叫道；这哀伤的女人啊。

我问她："告诉我，谁才是你意中的人？"
她只是说："我等的那个人不知名姓。"
光阴荏苒，她叫道："我永世熟识的陌生爱人啊，你何时才会来临？"

五八

你的光明自黑暗中迸发，你的美德从矛盾心灵的裂隙萌芽。
你的房屋向整个世界敞开，你的爱呼唤人们奔赴战场。
你的礼物在万物皆损时仍为增益，你的生命之流贯穿死亡的巨穴。
你的天堂坐落在平凡的尘埃里，而你在那里为我守候，为所有一切守候。

五九

当我苦于道路风尘，当我在酷烈的白昼中焦渴难忍，当薄暮的鬼魅时分用阴影笼罩我的生命，朋友啊，我渴望你的声音，还渴望你的触碰。

我的心陷于极度的痛苦，因为它不曾让你分担财富的重负。

伸出你的手，穿过黑夜，让我握住它，塞满它，将它留住；让我感受它的爱抚，爱抚我绵延不止的悠长孤独。

六〇

芬芳在花苞里喊叫："可怜的我呀，日子消逝，消逝的是春天的快乐日子，我却在花瓣里做着囚徒！"

别灰心，胆怯的小东西！

你的桎梏终将断裂，花蕾终将绽成花朵，就算你已在生命的完满中死去，春天也会继续。

芬芳在花苞里扑腾翅膀，气咻咻地大声叫嚷："可怜的我呀，时辰流逝，可我不知道要去哪里，也不知道我寻觅的目的！"

别灰心，胆怯的小东西！

春天的微风已经偷听到你的心愿，不等今天成为过去，你就会实现生命的意义。

眼看未来一片黑暗，芬芳在绝望中叫喊："可怜的我呀，到底是谁的过错，让我的生命这般空虚？

"谁能告诉我，我的存在究竟有什么意义？"

别灰心，胆怯的小东西！

完美的黎明就要来临，你的生命将与所有生命融为一体，而你终将了悟，自己的目的。

六一

我的主上啊，她还是个孩子。

她在你的宫殿里东奔西跑，玩耍嬉戏，还想拿你来做她的玩具。

粗心的她头发披散，衣衫也拖在了尘土里，而她不曾留意。

你对她说话的时候，她酣然入梦，不曾搭理——你晨间给她的花朵从她的手中滑落，跌入尘泥。

风暴乍起，黑暗笼罩天空，驱散了她的睡意；她的偶人零落在地，她满心恐惧地紧贴着你。

她怕自己，不能好好地服侍你。

而你面露笑容，看着她玩自己的游戏。

你懂得她。

坐在尘土中的这个孩子，正是你命定的新娘；她的嬉戏终将停息，化作深沉的爱意。

六二

"太阳啊，除了天空，还有什么能承载你的影像呢?"

"我梦中有你，侍奉你却是我永难企及的荣幸，"露珠哭着说，"我实在渺小，无法接纳你，伟大的主上啊，我的生命尽是泪滴。"

于是太阳说："我照亮无垠的天空，也可以屈身微小的水滴。我会化作一点火花，注满你的身躯，而你的小小生命，会成为一个笑吟吟的天体。"

六三

无节制的爱不合我的脾胃，它就像汩汩冒泡的汽酒，胀破酒瓶，转眼就归于荒废。

给我清凉纯净的爱，就像你的雨水，它滋润焦渴的大地，注满素朴的陶罐。

给我能沁入万物心底的爱，它就像看不见的琼浆，从那里流遍生命之树的繁枝，孕育花朵和果实。

它带来完满的安宁，令心灵常得平静，给我那样的爱吧。

六四

太阳落在河流西边，落在繁枝密叶的林间。

隐修的孩子们放牧归来，围坐在火堆周围聆听乔答摩大师的教诲。一个陌生的少年走了进来，向大师敬献水果和鲜花。这之后，少年一躬到地，用鸟语一般的悦耳声音说道——"主上啊，我来到这里，是为了在您的引领之下追寻至高的真理。

"我名叫萨提亚伽摩。"

"愿福佑降临到你的头顶。"大师说道。

"我的孩子，你属于哪个种姓呢？只有婆罗门才有追寻至高智慧的资格。"

"大师啊，"少年答道，"我不知道自己属于哪个种姓，容我回家去问妈妈吧。"

说完之后，萨提亚伽摩辞别大师，涉过浅浅的河水回到了母亲的小屋。沉睡村庄的边缘有一片荒废的沙地，小屋坐落在沙地的尽头。

屋里亮着暗淡的灯光，母亲伫立在门前的黑暗之中，等待儿子归来。

母亲将他拥入怀中，亲吻他的头发，询问他拜师的情形。

"亲爱的妈妈，我爸爸叫什么名字呢?"少年问道。

"乔答摩大师告诉我，只有婆罗门才有追寻至高智慧的资格。"

母亲双眼低垂，声音轻得如同耳语。

"年轻时我很穷，侍奉过许多主人。你诞生在你妈妈贾巴拉的怀抱，亲爱的孩子啊，你妈妈却没有丈夫。"

林间的隐修之所，清晨的阳光在树梢闪耀。

古树之下，弟子们坐在大师面前，蓬乱的头发还留着晨浴的水迹。

萨提亚伽摩来了。

他向大师深施一礼，然后便默默地站在原地。

"告诉我，"伟大的导师问道，"你属于哪个种姓呢?"

"我的主上啊，"少年答道，"我不知道。我问起这件事情的时候，妈妈说，'我年轻时侍奉过许多主人，你诞生在你妈妈贾巴拉的怀抱，你妈妈却没有丈夫'。"

周围立刻响起嗡嗡的声音，好似骚动蜂巢的愤怒蜂鸣；弟子们低声咕哝，数落这个贱民①的厚颜无礼。

乔答摩大师起身离座，伸出双臂将少年拥到怀里，说道，"你是最高贵的婆罗门，我的孩子，因为你拥有最高贵的诚实品性"②。

六五

也许，这座城里有一所房屋，借着今晨旭日的触碰，永远地敞开了大门，光的使命由此完成。

树篱和花园的花朵纷纷开放，今晨也许有一颗心，已经在花朵当中觅得，那件跋涉过无尽光阴的礼品。

六六

听啊，我的心，他的笛声中有野花的芳馨，有光闪闪的树叶和水波，还有片片清阴，回荡着蜂儿振翅的声音。

长笛从我友人的唇边偷来微笑，又将它铺满我的生命。

---

① 按照古印度的风俗，没有父亲的孩子是为人不齿的贱民，地位甚至不如四种姓中等级最低的首陀罗。
② 这个故事见于古印度吠陀文献《歌者奥义书》（*Chandogya Upanishad*）。故事里的"乔答摩"并不是本名乔达摩·悉达多的释迦牟尼。

六七

你总是，在我歌声的溪流之外茕茕独立。

我荡漾的歌声沾湿你的双足，你的双足却让我无法企及。

我和你玩着这场游戏，你我之间却隔着迢遥的距离。

是分离的痛苦熔成旋律，注满了我的长笛。

我等待着那个时刻，等你的小船渡过水面，来到我的岸边，等你用双手，将我的长笛拿起。

六八

今天清晨，我心灵的窗扉，朝向你心灵的那扇窗子，突然间豁然开启。

我惊异地发现，四月的花叶上写着我的名字，你所知的那个名字。我默坐无语。

风儿片刻飐起，分隔你我歌声的帘子。

于是我发现，我未曾唱出的无声歌曲，满溢在你的晨曦里；我想在你的脚下领悟它们——我默坐无语。

六九

我的心灵徘徊浪荡，始终找不到你的身影，因为你在我心灵的中央；你一直避开我的爱和希望，因为我的爱和希望，一直是你藏身的地方。

你是我青春嬉戏中最隐秘的欢乐，当我在嬉戏中沉溺，这欢乐便悄然逝去。
你在我生命的狂喜时分对我歌唱，我却忘了，用歌声来回应你。

七〇

你将你的灯盏举到天空，光芒洒满我的脸庞，暗影却罩在你的身上。

我在心里举起爱的灯盏，光芒照亮了你，我却留在光明背后的暗影里。

七一

波浪啊，吞噬天空的波浪，熠熠生光，与生命一同起舞，飞旋欢乐的波浪啊，澎湃奔涌，永不止步。

星星在浪尖摇摇晃晃，波浪将五颜六色的思绪卷出深渊，抛撒在生命的沙滩上。

生与死随波跌宕，而我心灵的鸥鸟高声欢叫，展翅飞翔。

七二

欢乐从四方赶来，铸就我的身体。

诸天光明送上一个又一个亲吻，直到她霍然苏醒。

匆匆夏日的花朵在她的呼吸中叹息，风和水的声音，和着她的动静歌吟。

森林和云朵的如潮色彩，将激情注入她的生命；借着温柔的爱抚，万物的音乐将她的四肢雕琢成形。

她是我的新娘，——她已在我房中，点起了自己的灯。

七三

花繁叶密的春天进入了我的躯体。

整个早晨，蜂儿都在那里嗡嗡不息，春风却无所事事，顾自与影子嬉戏。

一股甘泉从我心灵深处涌起。

我的双眼欣然领受它的洗浴，清新如露水浣濯的早晨，生命盈满我的四肢，抖颤如振响的琴丝。

涨溢的潮水漫过我生命的海岸，我永远的爱人啊，你可在岸边独自徜徉？

我的种种梦想，可是像七彩翅膀的蝶蛾，绕着你轻快飞翔？

回响在我生命的黑暗屋檐之下，可是你的歌行？

今天，拥挤的时光在我血脉中嗡嗡营营，欢快的舞步在我胸腔里跃动不停，躁动的生命拍打翅膀，在我身体里喧腾闹嚷，除了你，还有谁听得见这些声响？

七四

我的镣铐已经斩断，我的债务已经清偿，我的门扉已经开启，我遨游四方。

他们蜷缩在角落里，用苍白的时日织成蛛网，他们坐在尘土中清点硬币，呼唤我回到他们身旁。

可是，我的宝剑已经锻造出炉，我的铁衣已经披挂停当，我的马儿怀着奔跑的渴望。

我一定会赢得，属于我的国度。

七五

就在不久之前，我踏上你的国土，身无寸缕，无名无姓，只带着哭号一声。

今天的我声音欢畅，而你，我的主上啊，却闪到一旁，好让我有充实自己生命的地方。

即便是在把自己的歌敬献给你的时候，我心里也存着隐秘的期望，期望用它们换来，人们的爱恋与景仰。

你乐于看到我热爱这个世界，热爱这个，你带我来的地方。

七六

我曾瑟缩在安全的阴影里，如今，汹涌的欢乐将我的心送上浪尖，我的心却紧抓着烦难铸就的冷酷山岩。

我曾独坐在自家的角落，想着它狭小逼仄，容不下任何宾客，如今，不请自来的欢乐猛然撞开我的家门，我却发现它容得下你，也容得下整个世界。

我曾踮起脚尖走路，悉心呵护我熏沐齐整的躯体——如今，一阵欢乐的旋风将我掀翻在尘埃里，我却开怀大笑，在你脚下的地面翻来滚去，如同一个孩子。

七七

世界属于你，永远属于你。
你没有任何匮乏，我的王啊，也就不为自己的财富欢喜。
你视它们如无物。
于是，漫长时日之中，你不断将自己的财富馈赠给我，不断在我身上赢得你的国度。
日复一日，你从我心里赎买你的日出，而你发现，你的爱已经刻进我生命的画图。

七八

你赐予鸟儿歌声，鸟儿也以歌声回赠。
你给我的只是声音，却索取超额的报偿，于是我歌唱。

你赐予风儿轻盈的躯体，风儿的报效便敏捷迅疾。可你将重担压上我的双手，让我自己去减轻负荷，直至赢得彻底的自由，无牵无挂地供你驱策。

你造出你的大地，用零碎的光明填塞地上的阴影。

你就此袖手离去；留下两手空空的我，在尘土中建造你的天国。

你向万物布施，惟独向我索取。

我生命的禾稼，在阳光雨露中渐次成熟，到最后，金色谷仓的主人啊，我的收成会超过你播下的种子，好让你称心满意。

七九

别让我祈祷隔绝危险的荫蔽，让我祈祷不惧危险的勇气。

别让我乞求痛苦止息，让我乞求征服痛苦的意志。

别让我在生命的沙场上寻找盟军，让我指望自身的坚毅。

别让我在焦虑与恐惧之中等待救兵，让我期盼为自由奋战的耐性。

答应我，别让我成为懦夫，只能在成功当中体会你的仁慈；要让我在失败当中，感受你手掌的握力。

八〇

独居之时，你不曾识得自己，风儿从此岸吹向彼岸，不曾捎来使命的急迫呼唤。

当我来临，你便苏醒，诸天绽放霞光片片。
你让我在千花万卉之中开放，用千形万状的摇篮哄我入眠。
你把我藏进死亡，又在生命之中将我重新发现。

当我来临，你心激荡；痛苦和欢乐，同时倾泻在你的身上。
你轻抚我，阵阵刺痛化为爱意。

可是，我眼里藏着朦胧的羞耻，心里也闪着隐约的畏惧。面纱盖住了我的脸，我哭泣，因为我无法看到你。

但我知道，在你心里，看到我的渴望绵绵无极，它在我门前不停呼唤，伴随着旭日的声声叩击。

八一

永恒的守望之中，你倾听我渐行渐近的足音，你的欢喜在熹微的晨光中积聚，瞬间爆发霞光万缕。

我离你越来越近，大海之舞的热情也越来越深沉。

你的世界是你手中一捧光线织就的交错花枝，你的天堂却藏在我隐秘的心底。怀着羞怯的爱意，它慢慢地打开了花蕾。

八二

独坐在无言思绪的暗影之中，我会唤出你的名字。

我会唤出你的名字，不用任何言辞，也没有任何目的。
因为我像个孩子，会千百次呼唤母亲，并且欢欣得意，因为自己会叫"母亲"。

八三

（一）
我觉得，所有星星都在我心里闪耀。
世界像洪水一般涌进我的生命。
花儿在我的身体里朵朵绽放。
土地和流水的所有朝气，宛如一枝檀香，在我心中袅袅生烟；万物的气息拨动我的思绪，宛如吹起一支长笛。

（二）

世界沉睡之时，我来到你的门前。

星星默默无语，我不敢开口唱歌。

我静静守候，当你的影子掠过夜的露台，我便心满意足地踏上归程。

等到晨间，我在路边放声歌唱。

树篱的花朵纷纷应和，清晨的空气凝神细听。

过路的旅人突然停步，端详着我的脸，以为我叫出了他们的姓名。

（三）

将我留在你的门前，随时听候你的差遣，让我在你的国度四处巡游，响应你的召唤。

别让我渐渐沉沦，湮没在怠惰的深渊。

别让空虚的荒芜，把我的生命磨成碎片。

别让那些疑云将我笼罩，——让我远离那扰乱心神的灰尘。

别让我千方百计地积攒各色物品。

别让我为众人的禁制抑志屈心。

让我把头颅高高昂起，凭着为你执役的勇气与自尊。

八四
桨手

你是否听见，死亡在远方躁动不安，
是否听见，从如潮火焰与层层毒气当中传来的呼喊
——那是船长在吩咐舵手，叫他将船儿转向无名的岸，
因为那样的时日已经终结——港湾里的停滞时日已经终
结——
在那个港湾，同样的陈年货品被人买买卖卖，无尽循环，
在那个港湾，死物飘浮在真相枯竭的空虚海面。

他们在突起的恐惧之中醒来，问道，
"伙伴啊，钟已经敲过几点？
"曙光何时才会出现？"
乌云遮蔽了星星——
谁还能看见，白昼那殷勤邀请的指尖？
他们拿起船桨跑到门外，
床空了，母亲在祈祷，做妻子的守望在门边；
离别的悲号腾入云天，

黑暗中传来了船长的呼喊：

"来吧，水手们，港湾的日子已一去不返！"

世上所有的黑暗妖魔都已经越出堤岸，

但是，桨手啊，各就各位吧，在灵魂深处藏起哀伤的祝愿！

你们要怨谁呢，兄弟？低下你们的头吧！

这是你们的罪愆，也是我们的罪愆。

神明心里的怒火已经积聚多年——

弱者的怯懦，强者的傲慢，肥腻繁荣的贪婪，

含冤者的积愤，种族的骄傲，对人的凌辱——

冲决了神明的宁静，在风暴中腾起烈焰。

像一个成熟的豆荚，让暴风雨将自己的心炸成碎片，

将雷电抛向四方八面。

收起你们那装腔作势的自夸与非难，

借着你们额上那无言祝福的安抚，驶向那无名的岸。

我们每天都遇见邪恶与罪愆，也曾与死亡谋面；

它们用闪电般的匆促笑声嘲弄我们，像乌云飘过这个世间。

它们突然驻足停留，现身为异象奇观，

而人们必须挺立在它们面前，发出豪言：

"妖魔啊，我们不怕你!

"因为我们百折不挠地征服你，就这样活过了每一天，

"死的时候也带着坚贞的信念，

"相信安宁是真，美好是真，永恒者也绝非虚幻!"

倘若永生者并不栖身在死亡的心脏，

倘若喜悦的智慧绽出花朵，却不能冲破哀伤的包裹，

倘若罪愆并不因暴露自身而死亡，

倘若骄傲并不崩摧于自身虚饰的负荷，

那么，当这些人走出家门，如同星星赶赴晨光中的死亡，

驱策他们的希望，究竟是来自何方?

难道说，烈士的鲜血和母亲的泪水

终会在大地的尘土中全然沦丧，

如此的代价并不能换得天堂?

难道说，凡人挣脱尘世局限的那一刻，

显现的不正是无限者的模样?

八五

失败者之歌

我站在路旁，我的主上吩咐我吟唱失败之歌，因为失败是他

暗中追逐的新娘。

她戴上黑暗的面幂，不让人群看到她的脸庞，她胸口的珠宝，却在黑暗之中熠熠生光。

白昼将她遗弃，神明的黑夜却等着她的到访，灯火燃亮，露凝花放。

她目光低垂，默然无语；她背井离乡，来自故园的哀声风中飘荡。

但是，星星正在歌唱，将永恒的情歌，唱给那张羞耻和苦难妆点的甜美面庞。

凄清密室的门扉已经开启，召唤的声音已经响起，黑暗的心脏在敬畏之中悸动，为这即将来临的幽期。

八六
感恩

走在骄傲之路的人们，践踏着卑贱的生命，用沾着鲜血的足印，覆盖大地的娇柔绿茵。

让他们得意欢欣，因为今天属于他们，主啊，我仍然感谢你。

感谢你让我与卑微者同行，他们饱经苦难，受尽威权的欺凌，他们在黑暗中藏起自己的脸，饮泣吞声。

感谢你，因为他们的每一次痛苦抽搐，都震动了你黑夜的隐秘深处，他们身受的每一分凌辱，都已汇入你无垠的沉默。明天属于他们。

太阳啊，升起来吧，照亮那些在晨间花丛里绽放的滴血之心，也照亮骄傲的火炬狂欢留下的余烬。

流　萤　集

题 记

《流萤集》植根于中国和日本。

造访两国之时，我常常应人之请，

在扇子和绢素上

题写自己的点滴思想。

——拉宾德拉纳特·泰戈尔

一

我的幻想是萤火——
流光点点
在黑暗中乍隐乍现。

二

路边的三色紫罗兰，
柔声引不来粗心人儿的顾盼，
却在这些散漫的诗行里呢喃。

三

在心灵的慵倦暗穴之中，

梦儿用白昼篷车遗落的零花碎朵
筑起自己的巢窠。

四

春天毫不顾惜
那些不为将来果实，
只为一时兴致的花瓣，
将它们抛落满地。

五

喜悦从大地的睡梦中挣脱出来，
冲入无穷无尽的密叶繁枝，
在空中欢舞终日。

六

我那些载满意义的鸿篇
已然沉没之时，
我那些轻灵琐细的文字

或许依然在时光的水面翩跹。

七

心灵的地下飞蛾
长出了纤薄的翅膀，
在日落的天空里
做一次告别的飞翔。

八

蝴蝶不用月份，
用瞬间计算生命，
所以有充裕的光阴。

九

我的思绪像火星，
载了一声欢笑，
驾着插翅的惊异飞行。

一〇

树木深情凝望
自己的倩影，
却永不能将它抓紧。

一一

让我的爱化作阳光，
围绕在你的四周，
同时又给你
璀璨的自由。

一二

白昼是七彩斑斓的气泡
在无底黑夜的表面浮漂。

一三

我的奉献如此羞怯，

不敢要求你的念记，
或许为着这个缘由，
你才会将它记取。

一四

如果我的名字成为负累，
请将它从礼物当中抹去，
只留下我的歌曲。

一五

四月像个孩子，用花朵
在尘土中写下图画的文字，
跟着又将它擦去，
就此忘记。

一六

记忆是司祭的女子，
杀死现在的时日，

又将它的心
供奉在已死往昔的神祠。

一七

孩子们跑出昏暗肃穆的神庙，
坐到了尘土里，
神明看着他们嬉戏，
忘记了自己的祭司。

一八

如流思绪中灵光乍现，
我的心遽然惊动，
宛如潺潺溪涧
讶异于水声之中
一个永不再现的突兀音符。

一九

山岳之上寂静涌起，

为测量自己的高度；

湖泊之中波澜止息，

为冥想自己的深度。

二〇

行将离去的夜晚

在清晨紧闭的双眼

留下的那个吻

令晨星光华璀璨。

二一

少女啊，你的美就像

一枚尚未成熟的果实，

充盈饱满

为一个深藏不吐的秘密。

二二

失却记忆的哀伤

如同喑哑的黑暗时辰，

其间没有鸟儿的欢唱，

只有蟋蟀的瑟瑟低鸣。

二三

偏执想将真理牢牢控制，

真理却死在它紧握的手里。

无垠黑夜点亮满天繁星，

为的是鼓励一盏畏怯的灯。

二四

天空将大地新娘拥在怀里，

却始终与她隔着无限辽远的距离。

二五

神明寻找同道，希求的是爱慕；

魔鬼寻找奴隶，要求的是臣服。

二六

土地将树木缚在身边
以此作为养育的报偿，
天空一无所求，
任树木自由生长。

二七

不朽者如同宝石，
不会矜夸岁月漫漫，
自豪只为瞬间璀灿。

二八

孩子永住于不老时间的秘境，
历史的尘埃无法将他蒙蔽。

二九

万物的足音中响起一声轻笑，

携着万物飞快地穿越流光。

三〇

曾经远离我的那个人
晨间在我身边降临，
当黑夜将他带走，
他却与我更加亲近。

三一

白白粉粉的夹竹桃聚在一起，
用各自不同的方言说笑逗趣。

三二

当和平
着手清扫身上的灰尘，
风暴便会来临。

三三

湖低低地偃卧山前，

将一份泪水盈盈的乞爱哀辞
呈奉在铁石心肠者的脚边。

三四

全无意义的云彩　还有
瞬息变幻的光与暗，
在这些玩具之间，
神圣的孩子展露笑颜。

三五

微风对莲花低语，
"什么是你的秘密？"
"秘密就是我自己，"莲花说，
"偷去它吧，我也会就此消失！"

三六

风暴的自由与树干的束缚
携手造就了枝桠的婀娜之舞。

三七

茉莉的花
便是她说给太阳的咿呀情话。

三八

暴君要求随意扼杀自由的权力，
却又将自由留给自己。

三九

神明厌倦了自己的天堂，
由是对凡人心生妒羡。

四〇

云朵是水汽凝成的山岗，
山岗是磐石铸就的云朵，——
时光梦境中的一个幻象。

四一

神期盼人用爱为祂建庙，
人搬来的是石料。

四二

我在自己的歌声中触碰神明，
一如山丘用瀑布
去触碰遥远的海洋。

四三

借着云朵的抵牾，
阳光找到自己的缤纷财富。

四四

今天，我的心
对着泪汪汪的昨夜微笑，
就像一株濡湿的树

在雨后的阳光中闪耀。

四五

令我生命果实累累的树木
已经收到我的谢意，
令我生命长青不败的绿草
却不曾被我记起。

四六

独一无二只是空幻，
一因有二才得实现。

四七

生命中的错误渴求慈悲的美
将它们孤立突兀的旋律
融入整体的和谐乐曲。

四八

他们将鸟儿赶出窝巢，

指望着收获感激，
因为他们的笼子
安全又美丽。

四九

因为你是你，
我用爱意偿还
欠你的无穷债款。

五〇

池塘从黑暗深处献上
写在睡莲之中的歌词，
赢得了太阳的赞许。

五一

对伟大者的诽谤全无敬意，
最终会损及自身；
对微贱者的诽谤流于卑鄙，

因为它损及受谤之人。

五二

开在这星球的第一朵花
是向未来的歌行发出的邀请。

五三

黎明——五色缤纷的花朵——
渐渐凋零，
太阳——素朴光华的果实——
接踵来临。

五四

肌肉对自身的智慧欠缺信心，
由是扼杀了将发的呼声。

五五

风儿想让火焰五体投地，

到头来只是将它吹熄。

五六

生命的戏剧转瞬收场，
生命的玩具次第流落，
跟着便被人遗忘。

五七

我的花儿啊，
不要到傻瓜的扣眼上
去寻找你的天堂。

五八

我的新月啊，你姗姗来迟，
而我的夜鸟尚未睡去，
还在等着向你致意。

五九

黑暗是蒙着面幂的新娘，

静静等待浪荡的光
回到她的怀抱。

六〇

树木是大地的无尽付出，
为着向侧耳聆听的天空倾诉。

六一

当我嘲笑自身，
自我的重担便告减轻。

六二

弱小也会变得可憎可怕，
因为他们疯狂地假扮强大。

六三

天堂的风吹起，

锚拼命地抓紧淤泥，
而我的小船
用胸膛撞击着锚链。

六四

同一是死亡的精髓，
歧异是生命的要义，
神明死去，
宗教便合为一体。

六五

天空的蔚蓝渴望大地的葱绿，
"唉，"风儿在天地之间叹息。

六六

白昼的痛苦被自身的强光障蔽，
夜里又在群星之间熊熊燃起。

六七

群星簇拥着童贞的夜，
满心敬畏，默默无语，
为她那永远无法触及的孤寂。

六八

云彩将所有的金子
送给了临行的太阳，
只把一抹苍白的笑容
留给初升的月亮。

六九

行善者及庙门而止，
热爱者却登堂入室。

七〇

花儿啊，怜悯这只虫子吧，

它不是蜜蜂，
它的爱只是错误和包袱。

七一

恐怖的胜利已成丘墟，
孩子们用它的残片
搭起了玩具房子。

七二

无人问津的漫长白昼，
油灯苦苦等候
夜间火焰的亲吻。

七三

心满意足的羽毛
懒洋洋地躺在尘埃之中，
忘记了自己的天空。

七四

形单影只的花儿
用不着妒忌
纷纷无数的荆棘。

七五

世界的最大灾星
乃是好心人的无私暴政。

七六

当我们为生存的权利
付出足额的代价，
便可将自由赢下。

七七

你瞬息之间的无心赠予，
如同秋日夜晚的流星点点，

在我生命深处燃起了火焰。

七八

藏在一粒种子心中的信念
预示着一个
不能即刻证明的生命奇迹。

七九

春天在冬天的门口逡巡，
芒果花却不等时机来临，
冒冒失失地跑出去迎候，
迎来了自己的厄运。

八〇

世界是变幻不停的泡沫，
在寂静的海面逐流随波。

八一

彼此隔绝的两岸

将他们的声音融进
一首汇聚无尽泪水的歌曲。

八二

工作如同河川，
自闲暇的深海觅得圆满。

八三

你的樱桃树花儿零落，
我还在路上徘徊踯躅，
可是，我的爱啊，
杜鹃花捎来了你的宽恕。

八四

今天，你小小的石榴花芽
在面幂的背后羞红了脸，
明天我不在你的身边，
它却会绽成一朵热情的花。

八五

笨拙的蛮力弄坏了锁匙，
只好把镐头抡起。

八六

降生
便是从神秘的夜晚
走进更加神秘的白天。

八七

我这些纸做的小船
只想在光阴的涟漪里翩跹，
不愿到达任何终点。

八八

迁徙的歌儿飞出我的心窝，
到你爱意盈盈的歌喉里寻找巢窠。

八九

危险、疑问与拒斥的汪洋
包围着凡人那座小小的笃定之岛，
鼓动他向未知发起挑战。

九〇

爱在宽恕之时才施惩戒，
它难堪的沉默却已令美残缺。

九一

你孑然独居，未得酬谢，
因为你巨大的价值令他们畏怯。

九二

无数个黎明次第来临，
连成无始无终的圈环，
同一轮太阳

不断在新的土地新生。

九三

神明的世界藉由死亡而得常新，
泰坦的世界总是被自身碾为齑粉。

九四

萤火虫在尘土之中摸索，
从不知天空才是星星的居所。

九五

树木属于今日，
花儿却来自往昔，
因为它携着
远古种子的讯息。

九六

每一朵开放的玫瑰

都带给我

永恒春天里那朵玫瑰的问候。

九七

当我劳作，

神明赐我美誉，

当我歌唱，

神明予我爱意。

九八

在我昨天的爱遗弃的窝巢里，

我今天的爱找不到栖身之地。

九九

痛苦的火焰 为我的魂灵

画出一条穿越哀伤的光明路径。

一〇〇

无数次死亡之后的重生，

令小草比山岗更加永恒。

一〇一

你从我指尖消失，
留下的只是蔚蓝天空里
一抹无从觉察的色调，
以及　游弋在暗影之间
一个看不见的风中影像。

一〇二

春天对凄凉的枯枝心生怜悯，
于是留给它
一个曾在孤叶上颤抖的亲吻。

一〇三

花园里羞怯的暗影
默默地爱着太阳，
猜着它心思的花儿莞尔而笑，

叶儿也窃窃私语。

一〇四

我不曾在天空
留下羽翼的痕迹，
却为曾经的飞翔欢喜。

一〇五

草叶之间萤光闪闪，
繁星也为之惊叹。

一〇六

云雾仿佛击败了山峦，
山峦却屹立依然。

一〇七

玫瑰刚刚告诉太阳，

"我会永远记得你"，
她的花瓣便跌到了尘土里。

一〇八

山岳是大地
向不可企及者
摆出的绝望姿势。

一〇九

虽然你花间的棘刺
令我苦痛莫名，
美人啊，
我依然感激不尽。

一一〇

举世皆知，
稀少胜于众多。

一一一

朋友啊，别让我的爱成为你的负担，
要知道
它本身便是回报。

一一二

黎明对着黑暗之门
拨响她的琴弦，
等到太阳出现，
便心满意足地消隐。

一一三

美便是真
从一面完美的镜子里
看到自己面容时
脸上的笑意。

一一四

露珠对于太阳的认识

囿于自身的渺小球体。

一一五

被遗弃的思想
涌出古往今来的弃置蜂房，
满布空中，围着我的心嗡嗡营营，
乞求我的声音。

一一六

沙漠做着囚徒，
牢狱是自身的无限荒芜，

一一七

小小叶儿的轻轻颤抖
让我看到空气的无形舞蹈，
它们的闪闪微光
让我看到天空的隐秘心跳。

一一八

你就像一株开花的树，
满心讶异，
当我赞美你的天资。

一一九

大地的祭火
从她的树木之中爆发，
点点火星
溅落成花。

一二〇

森林是大地的云朵，
向天空呈上自己的静默，
而云朵从天空降落；
用阵雨与它唱和。

一二一

世界用图画对我说话，

我的灵魂用音乐作答。

一二二

为了纪念太阳，
天空整夜点数
它用无数星辰串成的念珠。

一二三

夜晚的黑暗暗哑无声，如同痛苦，
黎明的黑暗缄默不言，如同和平。

一二四

骄傲将紧蹙的眉头刻进顽石，
爱却用花朵竖起降旗。

一二五

谄媚的画笔缩减真理的篇幅，

为的是将就狭窄的画布。

一二六

倾慕遥远天空的山丘
想要变得和云彩一样
拥有追求的无尽渴望。

一二七

为了让自己泼洒的墨水有所凭借，
他们把白天写成了黑夜。

一二八

当义带来利好，
利便对义微笑。

一二九

怀着满溢的自豪，

气泡质疑大海的真实，
随即开口发笑，
迸裂成无物的空虚。

一三〇

爱是永无止境的谜题，
只因为别的任何东西
都不能解释它的意义。

一三一

我的云彩在黑暗中悲戚，
忘了遮蔽太阳的
正是它们自己。

一三二

神明来索要礼物，
凡人才发现自己的财富。

一三三

你留下火焰般的回忆
燃在我别离的孤灯里。

一三四

我来向你献一枝花，
可你一定
要把我整座花园揽下，——
拿去吧。

一三五

图画——阴影珍藏的一份光之记忆。

一三六

冲太阳做鬼脸轻而易举，
因为他暴露在自己的光辉里，
四面八方都没有遮蔽。

一三七

就算说出口来，
爱情依然是个秘密，
因为只有爱人
才真正明了被爱的意义。

一三八

历史慢慢扼杀了自身的真相，
然后又展开极度创痛的忏罪苦行，
忙不迭地想让它起死回生。

一三九

我的工作
已经由每日的薪水得到回报，
于是我等待
那以爱计算的最终酬劳。

一四〇

美懂得说，"够了"，

粗鄙却总是吵嚷着索取更多。

一四一

神明乐意从我身上看到的
不是祂的仆役，
而是为众人服务的
神明自己。

一四二

夜的黑暗与昼和鸣，
雾气迷濛的清晨
却是乱耳的杂音。

一四三

在玫瑰盛开的丰盈日子，
爱情是醉人的佳酿，——
在花瓣零落的匮乏时分，
爱情是充饥的食粮。

一四四

陌生土地的无名花朵
开口跟诗人搭腔：
"爱人啊，我俩莫不是同乡？"

一四五

我拥有爱戴神明的能力
是因为祂给我拒绝祂的权利。

一四六

我那些未曾调好的琴弦
用满怀羞愧的痛苦叫喊
乞求音乐。

一四七

在蠹鱼的眼里，
人不以自己的书籍为食，

实在是愚蠢又离奇。

一四八

今日的天空布满乌云，
显现出沉思中的永恒
额上那一抹神圣的哀伤
投下的暗影。

一四九

我的树为过客投下清阴，
果实则留给我等待的那个人。

一五〇

落日余晖之中，
晕生双颊的大地，
宛如一枚成熟的果实，
只等夜晚来将它撷取。

一五一

为了万物的福祉，
光明将黑暗迎娶。

一五二

芦笛苦苦等待他主人的气息，
"主"却四处寻找自己的芦笛。

一五三

盲目的笔认为
写字的手并非真实，
写下的字也全无意义。

一五四

大海捶打自己光秃秃的胸膛，
因为他没有花朵来献给月亮。

一五五

贪果失花。

一五六

在繁星璀璨的神庙里，
神明等待凡人献上油灯。

一五七

束缚在树木中的火塑造了花朵。
脱去束缚之后，不知羞耻的烈焰
便在荒瘠的灰烬中死灭。

一五八

天空不曾用罗网捕捉月亮，
是月亮的自由将她缚在天上。
溢满天空的光
在草上的露滴里探求

自己的界疆。

一五九

财富是显赫的负担，
幸福是存在的圆满。

一六〇

剃刀以锋锐自豪，
于是对太阳冷笑。

一六一

蝴蝶有时间爱慕莲花，
忙于储蜜的蜂儿无此闲暇。

一六二

孩子啊，你让我的心充满
风和水的咿呀，花儿的无言秘密，

云彩的梦想　以及
清晨天空那满心惊奇的默默凝视。

一六三

云间的彩虹可称奇观，
丛莽中的小小蝴蝶却更加不凡。

一六四

朝雾织网笼住清晨，
迷住他，也迷了他的眼睛。

一六五

晨星对黎明低语：
"告诉我，你到来只是为我。"
"只为你，"她答道，
"也只为那枝无名的花朵。"

一六六

天空保持着无垠的空旷，

好让大地有地方
用梦想建造自己的天堂。

一六七

听说自己
不过是尚待完善的残片，
新月也许会展露
迷惑不解的笑颜。

一六八

黄昏不妨原宥白昼的错误，
借此为自己赢得安宁。

一六九

在花蕾的囚牢，
一个甜美欠缺的中央，
美莞尔而笑。

一七〇

你倏忽来去的爱意
用翅膀轻轻拂拭我的葵花，
从来不曾问起
它是否乐意将花蜜缴纳。

一七一

叶儿是环绕花儿的静默，
花儿是叶儿的语言。

一七二

大树将自己走过的万载千年，
呈现为一个壮丽庄严的瞬间。

一七三

我的奉献
不为道路尽头的赫赫神殿，

是为途中每一个转弯之处
那些不期而遇的小小神龛。

一七四

我的爱人啊，你的笑靥
就像陌生花朵的芳馨，
简单素朴，无从索解。

一七五

当人们夸大死者的美德，
死亡便笑声朗朗，
因为他的库藏
藉份外之物而得膨胀。

一七六

海岸的叹息
徒然地追踪
吹送船儿过海的轻风。

一七七

真理热爱自己的界限，
那是它与美相会的地点。

一七八

我渴望渡过
将你我分隔两岸的
那片浩瀚喧哗的海波，
那个汹涌澎湃的自我。

一七九

占有的权利
总是愚蠢地夸说
享受的权利。

一八〇

玫瑰的意义

远远不只是
因棘刺而生的
一份赧然歉意。

一八一

白昼将自己的金琴
交给静默的繁星，
让它们调校琴弦，
使之与永恒的生命和鸣。

一八二

智者懂得如何教化，
愚者知道如何责罚。

一八三

圆舞永无休止，
圆心寂然不动。

一八四

裁判者将他人的灯油
与自己的灯光相比，
自以为公平合理。

一八五

面对草地野花的羡慕，
囚在国王花冠里的花儿笑得悲苦。

一八六

积雪的重负由山岳自己承揽，
出山的溪水却有整个世界来分担。

一八七

听，
花间有森林祈祷自由的声音。

一八八

让你的爱
看到我的存在，
就算我俩的亲密无间
已经成了障碍。

一八九

万物之所以有劳作的热情，
只是为了助长游戏的雅兴。

一九〇

聋聩人生的悲剧
在于背负着沉重的乐器，
计算着它材料的成本，
却始终不知
音乐才是它存在的意义。

一九一

信仰

是在未明的破晓
便感觉到光，
唱起歌来的小鸟。

一九二

夜啊，我将我白昼的空杯带给你，
请你用清凉的黑暗将它净洗，
好迎接新鲜早晨的节日。

一九三

沙沙作响的山间杉树
将抗击风暴的记忆
变奏为赞美和平的颂诗。

一九四

当我奋起反抗，
神明以打击赐我荣光，
当我颓然蛰伏，

袖便对我掉头不顾。

一九五

思想褊狭的人
自以为已经将整个海洋
舀进了自己的私家池塘。

一九六

躲避言辞的记忆
在生命的幽暗深处
筑起一个个凄清的巢窠。

一九七

让我的爱
从白昼的劳作中找到力量，
从夜晚的和谐中找到安详。

一九八

生命用片片草叶

将赞美的无声歌行
献给未名的光。

一九九

夜晚的星星对我而言
点点都是追念,
追念的是我
白日里凋零的花朵。

二〇〇

打开你的门,
要去的任它离去,
别用你的阻拦
将失去变成粗鄙。

二〇一

真正的完满
并不是到达极限,

而在于成就无限。

二〇二

海岸对大海低语：
"你的波涛拼命想说的是什么，写给我吧。"
大海蘸着浮沫反复书写，
又在喧嚷的绝望之中
擦去了行行字句。

二〇三

让你的指尖触动我生命的琴弦，
让音乐成为你我合奏的佳篇。

二〇四

内在世界如同一枚果实，
在我生命的悲喜之中臻于圆熟，
它将会坠入黑暗的故土，
融进未来的造物宏图。

二〇五

形式由物昭示，
韵律由力节制，
意义由人诠释。

二〇六

世间有人寻求智慧，
也有人寻求财富，
而我寻求你的陪伴，
是为了歌唱于途。

二〇七

如同树木抛下落叶，
我将言语洒满大地，
却让我未曾出口的朵朵思绪
开在你的沉默里。

二〇八

主啊，但愿我对真理的信念，

还有对完美的领悟，

有助你创造万物。

二〇九

筵席终了之时，

让我在水乳交融的爱意里，

将我从生命花果中尝到的全部欢喜

奉献给你。

二一〇

有人曾殚精竭虑，

探求你真理的意义，

他们了不起；

而我曾凝神细听，

欣赏你演奏的乐曲，

我满心欢喜。

二一一

树木是摆脱种子束缚的带翼精灵，

行走在穿越未知的生命旅程。

二一二

莲花向天空献出美丽，
小草为大地充当仆役。

二一三

太阳的亲吻
将赖在枝头的青涩果实
心中的执著贪迷
酿成醇美的舍弃。

二一四

火焰碰上我心里的陶灯，
那光明何等惊人！

二一五

谬误是真理的近邻，

由此便迷惑了我们。

二一六

云朵嘲笑彩虹，
说它是暴发的新贵，
华丽之下只有空虚。
彩虹平静地回答：
"我的真实无可置疑，
一如太阳本身。"

一二七

愿我永不在黑暗之中徒然摸索，
愿我的心永不动摇，始终坚信
长夜终将破晓，
真理终将显现它素朴的面影。

二一八

透过无声的夜，我听见

早晨的希望从浪游之中回归，
叩响了我的心扉。

二一九

新的爱来到我的身边，
带给我往昔之爱的永恒财富。

二二〇

大地凝望着月亮，
暗自惊叹，
她竟然将自己的音乐
全部装进了笑颜。

二二一

好奇的白昼目光炯炯，
受惊的星星逃去无踪。

二二二

天空啊，

我的心真正与你交融的地点，

是我自己的那扇窗户，

不是开阔的外间，

那是专属于你的国土。

二二三

凡人编织花环，

将神明的花朵僭占。

二二四

曾经深埋地底的城市

袒露在新时代的阳光里，

羞愧难当，

因为它所有的歌曲都已遗失。

二二五

仿佛我心中

那早已忘却意义的苦痛，

笼上黑袍的缕缕阳光

将自己藏进地底；

仿佛我心中

那突然被爱触动的苦痛，

阳光为春天的召唤摘下面幕，

换上花叶织就的华衣，

出现在色彩的狂欢里。

二二六

我生命的寂寞长笛

等待着它最后的音乐，

如同繁星闪现之前

那未凿的深沉夜色。

二二七

从土地的束缚中获得解救，

绝不意味着树木的自由。

二二八

生命经纬的缕缕纱线

断而复续，续而复断，
织成叙说生命故事的挂毯。

二二九

我那些从未被言语俘获的思绪
在我的歌声和舞蹈里栖居。

二三〇

无边无际的轻声细语中，
一棵树茕茕独立。
今夜，在它静默的心里
我的灵魂迷失了自己。

二三一

大海将一枚枚珍珠贝，
抛上死亡的荒芜沙滩，——
创造性生命的豪奢糜费。

二三二

阳光为我开启世界的大门，
爱之光让我领略世界的奇珍。

二三三

我的生命如同开有音孔的芦笛，
借着希望与收获之间的洞隙
变幻出缤纷的美丽。

二三四

别让我对你的感谢
破坏我无言的静默里
那份更深沉的敬意。

二三五

生命中的种种壮志雄心
往往以孩童的面目来临。

二三六

凋零花朵哀叹
春天永不回返。

二三七

在我生命的花园里，
财富不过是光与影的幻象，
从不曾有人收集，
也不曾有人贮藏。

二三八

我永远不会失去的收获
是蒙你接纳的那枚佳果。

二三九

茉莉知道，太阳
是她天上的兄长。

二四〇

光，古老却依然年轻；
转瞬即逝的阴影啊，
出生便已老去。

二四一

我觉得，
我歌声的渡船
会在白昼终结之时
载我去往彼岸，
到那里
我就能睁开慧眼。

二四二

穿梭花间的蝶儿永远属于我，
落在我网中的却会离我而去。

二四三

自由的鸟啊，

你的声音飞进我安睡的巢，

于是我慵倦的翅膀

在梦中飞向云上的光。

二四四

在人生的戏剧当中，

我不知自己的角色有何意义，

因为我对他人的角色

也是一无所知。

二四五

落尽花瓣之时，

花儿找到果实。

二四六

离去的我

把自己的歌

留给忍冬花岁岁重来的繁盛，

也留给南风的欢欣。

二四七

枯叶在泥土之中失去自己，
便与森林的生命融为一体。

二四八

心灵从自身的声音与寂静
永无休止地找寻自己的言辞，
恰如天空从自身的黑暗与光明
寻觅自己的语句。

二四九

无形的黑暗吹起长笛——
光明的韵律，
旋进了太阳与星辰，
旋进了思绪与梦境。

二五〇

我的歌是为了表明
我爱上了你的歌声。

二五一

当缄默者的声音
触及我的言语，
我懂得了他，
由此懂得自己。

二五二

我最后的敬礼要献给
那些知道我不完美
却依然爱我的人。

二五三

爱的礼物无法给予，

只能等待爱人收取。

二五四

当死亡在我耳边低语：
"你的日子已经终结。"
让我告诉他："我曾活在爱里，
不曾虚度岁月。"
他会问："你的歌能否亘古长存？"
我会说："不知道，
只知道我常常在歌咏时分
找到属于自己的永恒。"

二五五

星星说：
"让我点起自己的灯盏，
无须盘算
它能不能减少黑暗。"

二五六

旅途终结之前，
愿我能找到内心深处
那个包容万物的自我，
任外在的躯壳
与浮生万类
随偶然与变易的流水
一同漂过。

1913 年诺贝尔文学奖颁奖辞

致辞者：瑞典皇家科学院诺贝尔奖委员会主席哈拉德·耶纳

时间：1913 年 12 月 10 日

    值此诺贝尔文学奖颁奖之际，本院很高兴能将此项荣誉授予英属印度诗人拉宾德拉纳特·泰戈尔，因为他在获奖年度之内写出了"具有理想主义倾向的"最优美诗歌，与阿尔弗雷德·诺贝尔先生在遗嘱当中的明确表述相一致。此外，经过认真全面的审慎考虑，本院业已判明，他的这些诗歌最符合评奖标准，同时认为，向他颁奖事不宜迟，不应因诗人家乡遥远、在欧洲声名未著而有所犹豫。鉴于本奖创设人曾以谨严措辞表明，他的"明确意愿是授奖不应以候选人的国籍为考虑"，向这位诗人颁奖更属理所当然之事。

在泰戈尔的诸多作品之中，参与评骘的各位评论家尤为重视他写于1912年的宗教诗集《吉檀迦利》。从去年开始，这本书才算是真正进入了英语文学的范畴，原因在于，作家本人虽然从教育背景和创作实践上说都属于作为他母语的印度语言，其实却给了这些诗歌一件形式同样完美、灵感则另有机杼的新装。这些诗歌由此得为英国、美国以至整个西方世界所有留心高雅文学的读者所知。自伊丽莎白时代以来，英语诗歌艺术的影响一直在随着英国文明的扩张而增长。各个地方的人，如今都把泰戈尔誉为英语诗歌艺术中一位值得景仰的新起大师，无论他们是否知晓他的孟加拉语诗歌，无论他们与诗人在宗教信仰、文学流派以及政治目标等方面存在怎样的差异。这本诗集之所以能够即刻赢得热情的赞美，是因为它具有以下特点：首先，诗人以一种完美的方式将自己的思想与借自他人的思想融合成了一个和谐的整体；其次，他的诗歌音韵和谐，用一位英国评论家的话来说，那就是"同时拥有诗歌的阴柔之美和散文的阳刚之气"；再次，他遣词造句十分严谨，按有些人的说法是具有古典的高雅品味，同时又从一种外来语言中借用了另一些表达方式——概言之，这些特点令他的作品拥有了非凡的独创性，同时也使作品的移译工作变得更加困难。

上述评价同样适用于我们收到的第二批诗作：出版于1913

年的《园丁集》。不过，正如作家本人所说，这本诗集的翻译工作并不是对先前作品的简单阐释，而是一种再创造。从中我们看到了他个性的另一侧面——忽而臣服于青春爱情的交缠苦乐，忽而沉溺于生命枯荣引发的焦灼与欢欣，与此同时，所有这些体验都伴随着关于超凡世界的点滴思考。

　　泰戈尔散文故事的英译本题为《孟加拉生活印象》（1913 年出版）。由于译本出自他人之手，这些故事的形式不能反映作家本人的风格，尽管如此，故事的内容却让我们看到了他的多才多艺，看到了他对生活的广泛思考，看到了他对各种人物遭际与命运的真挚同情，看到了他组织故事情节的卓越才能。

　　此后，泰戈尔又发表了一部反映童年及家庭生活的诗集，并给它取了一个富于象征意义的标题：《新月集》（1913 年）。除此之外，他还发表了在英美两国的大学里所作的一些演讲，书名是《萨丹纳：生命的实现》①（1913 年）。这些作品反映了他对人生问题的一些看法，内容是人通过何种途径才能获得一种使生活成为可能的信仰。正是这种对信仰与思维之间真正关系的探究，揭示了泰戈尔作为诗人的非凡禀赋，特征之一是他思维的无比深度，最重要的特征则是他情感的热度以及他形象语言的感染力。在虚构文学领域，很少有作品能够展现如此广泛多样的韵律和色

_____

　　① 萨丹纳（Sādhanā）为佛教和印度教的一种修炼方式，目的是摆脱尘世羁绊，获得心灵自由。

彩，也很少有作品能以同样的和谐与优雅表现各式各样的感情，不管那是灵魂对永恒的热切盼望，还是由游戏中的纯真儿童引发的轻松喜悦。

泰戈尔的诗中洋溢着真实普遍的人类情感，绝没有什么天方夜谭。假以时日，我们也许还会对他的作品有更深刻的理解。不过，我们已经知道的事情是，这位诗人正打算努力调和东西半球迥然相异的两种文明。两种文明之间的隔阂首先是我们这个时代的典型特征，同时也是我们这个时代面临的最重要问题。基督教在世界各地的传教事业最为淋漓尽致地体现了此项任务的真正内涵，将来的历史研究者会对这一事业——其中包括那些我们尚不知晓的工作，以及那些我们不曾褒奖或是吝于褒奖的工作——的意义和影响作出更为适当的评价。毫无疑问，未来学者的评价将会比如今许多地方人们心目中的适当评价要高。多亏有这样的一场运动，淌着新鲜活水的道道清泉才得以汩汩涌流。诗歌以此为灵感来源，从中受益尤多，不论这些清泉是否掺有异质的水流，也不论诗人是上溯到了正确的泉源，还是将幻想世界的深处视作了源头。更为重要的是，基督教的传播为许多地方提供了第一股真切可扪的推动力，促使当地的本土语言走向觉醒和新生。也就是说，由于基督教的传播，这些地方的语言渐渐挣脱了虚假传统的束缚，进而获得了巨大的容量，足以滋养并维系一条鲜活自然的诗歌血脉。

基督教的传播也促进了印度语言的重生。伴随着历史上的多次宗教复兴，印度本土的许多语言一早就进入了文学领域，由此渐渐拥有了举足轻重的地位和稳定性。然而，频繁出现的情形是，逐渐站稳脚跟的新传统令这些语言再次变得陈腐僵化。不过，基督教传播的影响远远超出了那些有案可稽的信徒招揽活动。过去的一个世纪当中，日常使用的鲜活语言一直在和来自古代的神圣词藻搏斗，争夺对蓬勃发展的新文学的控制权。富于自我牺牲精神的传教士为前者提供了无微不至的强力支持，设非如此，这场斗争的过程和结果就会有非常大的不同。

　　1861 年，拉宾德拉纳特·泰戈尔出生在孟加拉，那是历史最悠久的英属印度省份，多年之前，传教先驱卡雷①曾在那里为宣传基督教和改进本土语言付出过不懈的努力。泰戈尔出身显赫，在他降生之时，他的家人已经在多个领域显示出了聪明才智。他青少年时期的成长环境相当开明，从未刻意干涉他对世界人生的看法。与此相异，他家里洋溢着热爱艺术的高雅气氛，以及对探索精神和先贤智慧的深刻敬意，此外，他家的家庭礼拜当中也会用到先贤的文字。后来，他的周遭又出现了一种新的文学精神，要求作家自觉地接近人民，去了解他们生活的需要。在波

---

① 卡雷（William Carey, 1761-1834），英国传教士，曾在泰戈尔出生地加尔各答传教，后来又将《圣经》译成孟加拉语、梵文等多种语言。

澜壮阔却又混乱不堪的印度兵变①遭到镇压之后，政府实施了坚决的改革，这种新精神的力量由此得到了增强。

拉宾德拉纳特的父亲是宗教团体"梵社"最热心的领导成员之一，拉宾德拉纳特本人至今仍是这个团体的成员。这个团体跟古代那些印度教派别不同，并不以传播某种至高无上的神祇信仰为目的。它奠基于十九世纪早期，创建者是一位思想开明的有力人士。此人曾在英国学习基督教教义并深受其影响，由是致力于以他心目中的基督信仰真义来阐释源自往昔的本土印度教传统。他和他的后继者对真理的阐释引发了日益广泛的教义论争，梵社也分化成了一些互不统属的支派。此外，梵社的特性决定了受它吸引的主要是具有高度文化修养的知识分子，从创建之时就排除了公开信徒数量大幅度增长的可能性。尽管如此，这一团体的间接影响可称相当巨大，即便对大众教育和文学的发展进程而言也是如此。通过自身的努力，拉宾德拉纳特·泰戈尔成为了梵社新起成员当中的佼佼者，成为了他们心目中一位值得尊敬的师长和先知。他们执著追求一种师生之间的亲密互动，这样的互动在宗教生活和文学训练活动当中都得到了深刻、真挚而朴素的体现。

为了完成毕生的使命，泰戈尔汲取了来自欧洲和印度的多方

---

① 印度兵变（Indian Mutiny）指 1857 至 1858 年间印度民众反抗英国殖民统治的民族大起义。

面文化素养，又通过海外游历以及在伦敦的深入钻研使之丰富完善。年青时代，泰戈尔陪着父亲遍游祖国各地，足迹远达喜马拉雅山区。年纪很轻的时候，他便开始尝试用孟加拉语写作散文、诗歌、歌曲和戏剧。除了描摹祖国民众的生活之外，他还撰写了其他的一些作品，对文学批评、哲学以及社会学当中的一些问题进行了探讨。不久之前的一段时间里，他暂时中断了繁忙的世俗事务，原因是本民族源远流长的社会习俗发出了召唤，让他觉得自己有义务泛舟于神圣恒河的一条支流，过一段冥思默想的隐士生活。返回尘世生活之后，作为一位智慧超绝、信仰坚贞的贤人，他在同胞当中的声望与日俱增。他在孟加拉西部创办了芒果树荫蔽的露天学校，许多虔诚的青年学子在学校里成长起来，将他的教诲传播到全国各地。在此之后，他用了将近一年的时间在英国和美国的文学圈子里充当座上贵宾，并出席了今年夏天巴黎的宗教历史大会。如今，他再次退隐到了他创办的学校里。

在泰戈尔的高明教诲受人接纳的地方，人们都视他为福音的传播者。他的福音来自长期以来只存在于想象之中的东方智慧宝库，载体则是所有人都能理解的浅白语言。此外，他从未滋生在人前扮演天才或新思想发明者的骄矜之意，总是自谦为一个居间的媒介，慷慨地散布着他生来即得亲近的一种智慧。西方世界围城里的生活滋养了一种不得安宁、聒噪不休的情绪，催生了一种崇拜工作的迷信，以及为收益和利润所驱使的征服自然的斗争，正如泰戈尔所说："情形似乎是，我们生活在一个充满敌意的世界里，必须从一种不情不愿、与我们格格不入的自然秩序手中夺来我们想要的一切。"（《萨丹纳：生命的实现》第五页）与前述种种令人萎靡的匆促忙乱形成鲜明对比，泰戈尔为我们展现了这样一种文化，一种在广袤宁静、涤荡心灵的印度森林中臻于完满的文化，一种主旨在于通过不断增进与自然生命本体的和谐而获得灵魂安宁的文化。除此而外，泰戈尔用以确证我们终将获得安宁的物事并不是一幅历史的图景，而是一帧诗意的画卷。凭着与预言天赋俱来的权利，他随心所欲地勾画出了种种场景——在与时间之始并存的某个时期，这些场景浮现在了他独具灵光的慧眼之前。

然而，泰戈尔并不崇奉那些我们惯于听人在市场上发卖的所谓东方哲学，不崇奉关于灵魂轮回和无情业力的痛苦幻梦，也不崇奉那看似具体实则抽象、通常被人视为印度上层建筑典型特征的泛神信仰。他对这些东西敬谢不敏，疏离的程度不亚于我们当中的任何人。他本人甚至不会承认，这种类型的信仰能从印度先贤那些最为深奥的言辞中找到任何依据。他对吠陀诗篇、《奥义书》乃至佛陀本人的教诲都进行了十分认真的研读，最终悟得了一条在他看来无可辩驳的真理。从自然当中寻找神性的时候，他发现了那位包容一切的自然之主，一位活生生的万能之神。这位神明的超自然精神力一视同仁地体现在了大小不拘的芸芸众生身上，然而，它最为真切的反映却是注定不朽的人类灵魂。泰戈尔将无数献歌供奉在自己这位无名神祇的脚下，献歌之中洋溢着赞美、祈祷与炽烈的虔诚。他这种对神性的膜拜可以说是一种美学意义上的一神论，与宗教乃至道德范畴的禁欲苦修都是大异其趣。这样的一种虔诚与他的全部诗歌达成了完美的和谐，让他获得了心灵的安宁。即便面临基督教教义的种种限制，他仍然宣称，这样的安宁终将降临到疲惫不堪、忧心忡忡的人类身上。

我们不妨把这种哲学称为神秘主义，然而，他这种神秘主义的目标并不是弃绝个性，希求与近于无物的某个整体融合，而是将灵魂拥有的全部才赋修炼到极致，孜孜以求与那位活生生的万物之父相逢。即便是在泰戈尔时代之前的印度，这种更为积极的神秘主义也并非全然不为人知。这种哲学在古代苦行者和哲学家当中的确十分罕见，但却广泛存在于多种形式的"巴克提"宗教实践当中，这类宗教实践的核心内容便是对至尊主神的挚爱和信赖。部分是因为基督教及其他一些外来宗教的影响，"巴克提"从中世纪便开始在印度教的各种变相当中寻找自己的宗教理想。那些变相各有特点，究其实则都是概念上的一神论。到了今天，所有那些较高层次的信仰都已消失，要不就退化到了无法辨识的地步，原因在于，由各种迷信组成的大杂烩发生了过度的增长，并已将无力抵抗它们甘言诱哄的众多印度民众招至旗下。泰戈尔兴许也从这部本族先辈的大合唱中撷取了一两个音符，但他的根基却是这个时代更为坚实的土壤。这个时代让地球上的人们沿着和平或冲突的路径相互靠近，一起走向种种共同的集体责任，同时又努力运用自身的能量，将问候与祝福洒向天涯海角。尽管如此，通过一帧帧引人深思的图画，泰戈尔已经向我们揭示，所有这些转瞬即逝的存在将如何湮灭于永恒：

我的主上啊，你手中的光阴无穷无尽。

无人能数算你的时分。

昼夜消隐，岁华开谢纷纷。你懂得等待的窍门。

你消磨一个又一个世纪，只为令一朵小小野花臻于完美。

我们没有时间可供荒废，没有时间的我们，只能手忙脚乱地争竞机会。我们实在困乏可怜，绝不敢误了行程。

我将时间交给了所有怨怨不平的索取者，就这样耗去了光阴，而你的祭坛之上，始终不见分毫供品。

日子的尽头，我在恐惧之中匆匆前行，生怕你已经关上大门；而我蓦然发现，时间尚未告罄。

（《吉檀迦利》第 82 首）

宴会致辞

1913 年 12 月 10 日，诺贝尔颁奖晚宴在斯德哥尔摩的格兰德饭店举行，英国使馆代办克里夫先生在晚宴上朗读了拉宾德拉纳特·泰戈尔发来的电报：

恳请尊驾向瑞典皇家科学院转达我的深挚谢意，他们的宽阔襟怀将天涯变成咫尺、将陌生人变成了兄弟。

《国民阅读经典》已出书目

国富论 [英国]亚当·斯密著 谢祖钧译 定价：58元

朝花夕拾（典藏对照本） 鲁迅原著 周作人解说 止庵编订
　定价：16元
金刚经·心经释义 王孺童译注 定价：38元
中国哲学史大纲 胡适著 定价：34元
大学中庸译注 王文锦译注 定价：24元
圣经的故事 [美]房龙著 张稷译 定价：35元

乡土中国（插图本） 费孝通著 定价：19元
道德经讲义 王孺童讲解 定价：20元
毛泽东诗词欣赏（插图典藏本） 周振甫著 定价：26元
梦的解析 [奥]弗洛伊德著 高申春译 车文博审订
　定价：36元
歌德谈话录 [德]爱克曼辑录 朱光潜译 定价：26元

《东西文化及其哲学》 梁漱溟著 定价：27元
《坛经释义》 王孺童译注 定价：29元
《诗经译注》 周振甫译注 定价：42元
《老人与海》 [美]海明威著 刘国伟译 定价：19元
《常识》 [美]托马斯·潘恩著 余瑾译 定价：18元

《给青年的十二封信》 朱光潜著 定价：16元

《呐喊》（典藏对照本）　鲁迅原著　周作人解说　止庵编订
　　定价：28元

《彷徨》（典藏对照本）　鲁迅原著　周作人解说　止庵编订
　　定价：21元

《查拉图斯特拉如是说》［德］尼采著　黄敬甫　李柳明译
　　定价：36元

《名人传》（新译新注彩插本）［法］罗曼·罗兰著　孙凯译
　　定价：22元